L'amour ne meurt jamais

James Patterson

L'amour ne meurt jamais

Traduit de l'américain par Danièle Momont

ÉDITIONS FRANCE LOISIRS

Titre original : *Sam's Letters to Jennifer*
publié par Little, Brown and Company, New York, 2004.

Édition du Club France Loisirs,
avec l'autorisation des Éditions de l'Archipel.

Éditions France Loisirs,
123, boulevard de Grenelle, Paris
www.franceloisirs.com

ISBN : 2-7441-8344-X

Je tiens à remercier tout particulièrement Florence Kelleher, pour avoir su dénicher la poignée d'informations qui lui manquaient encore sur Lake Geneva, Wisconsin. Merci à Lynn Colomello. Et surtout à Maxine Paetro, mon amie et ma confidente, qui m'a permis de donner corps à ce livre.

Prologue

Comme d'habitude

J'étais assise avec Sam sur une plage presque déserte du lac Michigan, au nord du Drake Hotel, à Chicago. L'hôtel regorgeait de souvenirs et nous venions d'y dîner à notre table favorite. J'avais besoin de la compagnie de Sam, ce soir-là, car un an plus tôt s'était produit l'impensable : Danny était mort.

— C'est ici, dis-je à Sam, que j'ai rencontré Danny. Au mois de mai, il y a six ans.

Sam savait m'écouter à la perfection ; ses yeux ne lâchaient pas les miens. Ce que j'avais à lui raconter retenait presque toujours son attention, même quand j'étais assommante, comme maintenant. Notre grande amitié était née lorsque j'avais douze ans, peut-être même plus tôt. Pour la plupart des gens, nous formions « le plus ravissant duo qui soit ». Nous trouvions cela un peu mièvre. C'était pourtant la vérité.

— Il gelait le soir où Danny et moi nous sommes rencontrés. J'avais un rhume épouvantable et, pour ne rien arranger, je m'étais fait mettre à la porte de chez nous par Chris, mon petit ami, cette espèce de monstre.

— Cette ignoble brute, ce sale type, enchaîna Sam. Je n'ai jamais aimé Chris, tu le sais.

— Et voilà que ce gentil garçon, Danny, passe devant moi en faisant son jogging et me demande si je vais bien. Et moi qui tousse, qui pleure. Je ne suis vraiment pas belle à voir. Je lui réponds : « Est-ce que j'ai l'air de bien aller ? Mêlez-vous de vos oignons. Et ne comptez pas sur moi pour me laisser embobiner, si c'est ça que vous avez en tête. Allez, ouste ! »

Je me tournai vers Sam dans un éclat de rire.

— C'est de là que je tiens mon surnom : « Ouste. » Et puis Danny est revenu. Il a chuchoté qu'on m'entendait tousser à trois kilomètres. Il m'avait apporté un café, Sam. Il avait remonté toute la plage en courant pour offrir une tasse de café chaud à une parfaite inconnue.

— Inconnue, peut-être, mais fort jolie, avoue-le.

Je cessai de parler. Sam me serra dans ses bras et ajouta :

— Tu as subi de telles épreuves. C'est trop injuste. Si seulement je pouvais tout arranger d'un coup de baguette magique.

Je sortis de la poche de mon jean une enveloppe pliée et froissée.

— Danny l'a laissée pour moi. À Hawaii. Cela fait un an aujourd'hui.

— Allons, Jennifer. Il faut que ça sorte. Je veux que tu me racontes tout, ce soir.

J'ouvris la lettre et commençai à lire. Déjà, ma gorge se nouait.

Chère Jennifer, merveilleuse et sublime Jennifer,

C'est toi l'écrivain, pas moi. Il fallait pourtant que je tâche de consigner par écrit quelques-uns des sentiments que m'inspire cette incroyable nouvelle. Moi qui pensais que jamais tu ne pourrais me rendre plus heureux que je ne le suis déjà, je me trompais.

Jen, en cet instant, je me sens voler si haut que je ne parviens pas à croire à ce que j'éprouve. Je suis, sans l'ombre d'un doute, l'homme le plus chanceux au monde. J'ai épousé la femme idéale et voilà qu'ensemble nous allons avoir le bébé idéal. Comment pourrais-je ne pas être un père épatant, comblé comme je le suis ? Je serai un bon père. Je te le promets.

Je t'aime aujourd'hui plus qu'hier, et pourtant, si tu savais combien je t'aimais hier.

Je t'aime, je vous aime, toi et notre petit bout de chou.

Danny.

Les larmes se mirent à rouler sur mes joues.

— Qu'est-ce que je peux être gnangnan. C'est lamentable.

— Mais non, tu es l'une des femmes les plus fortes que je connaisse. Malgré tout ce que tu as perdu, tu continues de te battre.

— Peut-être, mais je suis en train de perdre la bataille. Je suis en train de la perdre. De la perdre complètement, Sam.

Alors, Sam m'attira contre son cœur et me serra dans ses bras. Pour le moment, au moins, ça allait mieux – Sam m'avait réconfortée, comme d'habitude.

Première partie

Les lettres

1

Mon trois-pièces était situé dans un immeuble d'avant-guerre de Wrigleyville. Danny et moi avions tout aimé de cet endroit – les vues sur la ville, la proximité du vieux Chicago, la façon dont nous l'avions meublé. J'y passais de plus en plus de temps, « cloîtrée », affirmaient mes amis. Selon eux, j'avais aussi « épousé mon métier », j'étais « un cas désespéré », « un incurable bourreau de travail », « une vieille fille d'aujourd'hui » et « une infirme du sentiment » – pour ne citer que quelques-unes de leurs railleries. Toutes, hélas ! disaient vrai et j'aurais pu allonger leur liste.

Je tâchais de ne pas songer au passé, mais cela se révélait difficile. Pendant de longs mois, après la mort de Danny, j'avais continué à ressasser cette terrible obsession : *Je ne peux pas respirer sans toi, Danny.*

Même au bout d'un an et demi, il fallait que je m'oblige à ne penser ni à l'accident ni à tout ce qui s'était produit ensuite.

J'avais fini par sortir avec des hommes – cette

grande asperge de Teddy, éditorialiste au *Chicago Tribune* ; Mike, un dingue de sport que j'avais rencontré lors d'un match de base-ball ; Corey, tout droit surgi du dixième cercle de l'enfer à l'occasion d'un rendez-vous arrangé par des amis communs. J'ai détesté toutes ces expériences, mais il fallait bien que la vie reprenne son cours. J'avais de nombreux amis – des couples, des femmes célibataires, quelques garçons qui n'étaient que de bons copains. J'affirmais à tout le monde que j'allais bien. Mais c'était faux et mes amis le savaient.

Ce jour-là, il me restait trois heures pour concocter une chronique du tonnerre et la remettre au *Tribune*. J'étais dans le pétrin. Trois idées avaient déjà atterri dans la poubelle de l'ordinateur et voilà que, de nouveau, je fixais un écran vierge. La vraie difficulté, lorsqu'on rédige une chronique d'« humeur » pour un journal, vient de ce qu'entre Mark Twain, Oscar Wilde et Dorothy Parker, tout ce qui vaut la peine d'être dit l'a déjà été, et mieux qu'on ne pourra jamais le faire.

Je m'extirpai du canapé, glissai un disque d'Ella Fitzgerald dans le lecteur et réglai le climatiseur sur « très frais ». J'attrapai ma tasse et avalai une gorgée de café. Je le trouvai délicieux. Un rien suffit à vous redonner le moral.

Puis j'arpentai le salon dans ma « tenue d'auteur » : l'un des survêtements de Danny, estampillé « Université du Michigan », et mes chaussettes rouges porte-bonheur. Je tirais sur une cigarette, mon vice le plus récent, qui était venu s'ajouter à tous ceux que j'avais contractés depuis peu. Mike Royko a déclaré un jour qu'on ne retient de vous que votre dernière chronique. Cette vérité me talonne, comme me talonne ma rédactrice en chef anorexique de vingt-neuf ans, Debbie, naguère journaliste pour un tabloïd londonien, qui ne porte que du Versace ou du Prada, et des lunettes Morgenthal Frederics.

Cette chronique me tient vraiment à cœur. Je me donne du mal pour être originale chaque fois, faire chanter les mots ici ou là et rendre mon travail à temps.

C'est pourquoi je n'avais pas décroché le téléphone, qui sonnait sans arrêt depuis des heures. Cela ne m'avait pas empêchée de le maudire à plusieurs reprises.

Il n'est pas évident de se renouveler trois fois par semaine, cinquante semaines par an, mais après tout, c'est pour ce travail que le *Tribune* me paie. Et, en ce qui me concerne, ce travail-là représente presque toute ma vie.

Je m'étonne d'ailleurs qu'autant de lecteurs écrivent pour dire que je mène une existence tellement glamour qu'ils l'échangeraient volontiers contre la leur.

Un fracas retentit soudain derrière moi. C'était

Sox, ma chatte tigrée d'un an, qui venait de faire tomber *The Devil in the White City* d'une étagère. Cela fit sursauter Euphoria, qui piquait un roupillon sur la machine à écrire sur laquelle, paraît-il, Francis Scott Fitzgerald aurait rédigé *Tendre est la nuit.* À moins que ce ne soit Zelda qui s'en soit servie pour taper *Accordez-moi cette valse* ?

Le téléphone se remit à sonner, cette fois j'attrapai le combiné.

Lorsque je compris qui était à l'autre bout du fil, je me sentis sérieusement ébranlée. Du fond de ma mémoire surgit l'image de John Farley, un ami de ma famille, de Lake Geneva, dans le Wisconsin. La voix du pasteur se brisa quand il me dit bonjour et j'eus l'étrange sensation qu'il pleurait.

— C'est Sam, dit-il.

2

J'empoignai le combiné des deux mains :

— Que se passe-t-il ?

Il prit une profonde inspiration avant de poursuivre :

— Je ne sais pas comment t'annoncer ça. Ta grand-mère a fait une mauvaise chute.

— Oh non !

Mes pensées s'envolèrent aussitôt vers Lake Geneva, petite cité balnéaire au nord de Chicago, située à environ une heure et demie de route. Petite, j'avais passé là-bas presque tous mes étés ; j'y avais vécu quelques-uns des plus beaux moments de ma vie.

— Comme elle se trouvait seule chez elle, on ignore ce qui s'est réellement passé. Tout ce qu'on sait, c'est qu'elle est dans le coma. Peux-tu venir ?

Quel choc ! Deux jours plus tôt, Sam et moi avions évoqué en plaisantant ma vie sentimentale, à tel point qu'elle avait menacé de m'expédier un plein carton de bonshommes en pain d'épice à l'anatomie suggestive. Ma grand-mère a toujours été facétieuse.

Il me fallut cinq minutes pour me changer et jeter quelques affaires au fond d'un sac. Je dus encore mettre la main sur Euphoria et Sox, puis les fourrer dans leur caisse de transport ; elles feraient avec moi ce voyage imprévu.

Je fonçais maintenant sur Addison Street en direction de l'autoroute du nord, au volant de ma vieille Daimler. Comme Danny et moi l'avions aimée, cette superbe berline bleu nuit, comme nous en avions été fiers !

Je m'efforçais de penser à tout, sauf à Sam. Je n'avais plus qu'elle au monde, elle était désormais ma seule famille.

Elle était devenue ma meilleure amie à la mort de ma mère ; j'avais alors douze ans. Mon grand-père et elle formaient un si beau couple que tout le monde autour d'eux les enviait, moi la première. Charles n'était certes pas d'un abord facile, mais dès qu'on avait trouvé le défaut de la cuirasse, on découvrait un homme délicieux. Danny et moi avions assisté à leurs noces d'or, qu'ils avaient fêtées au Drake Hotel, avec deux cents de leurs amis. Et lorsque, sur la piste de danse, ce monsieur de soixante et onze ans avait chaviré son épouse pour lui donner un baiser fougueux, nous nous étions tous levés pour applaudir.

Une fois à la retraite, mon grand-père, et Sam

avec lui, avait peu à peu délaissé Chicago pour Lake Geneva. Nous étions alors venus les voir moins souvent. Les visites s'étaient encore espacées après la mort de Charles, il y avait quatre ans déjà. Sam s'était installée à demeure au bord du lac, et l'on avait prédit qu'elle n'allait pas tarder à nous quitter à son tour.

Mais ma grand-mère avait fait mentir les oiseaux de mauvais augure. Elle se portait comme un charme – jusqu'à ce jour.

Vers 20 h 15, j'empruntai la route 50 jusqu'à la deux voies qui contourne Lake Geneva. Cinq kilomètres plus loin, je pris la bretelle pour m'engager sur la route NN. Je n'étais plus qu'à quelques minutes de l'hôpital. Je tâchai de me mettre en condition.

— On y est presque, Sam, murmurai-je.

3

Jamais deux sans trois, me répétais-je devant l'hôpital. Puis je m'efforçai de chasser cette pensée de mon esprit. Je ne devais pas m'enferrer dans ce genre de raisonnement.

Je sortis de la voiture et gagnai l'entrée principale. Un souvenir me revint en mémoire : bien des années plus tôt, je m'étais retrouvée dans cet établissement pour m'y faire extirper l'hameçon qui s'était fiché juste au-dessus de mon sourcil. Je n'avais que sept ans et c'est Sam qui m'avait amenée ici.

Une fois entrée, je tâchai de m'orienter dans le long couloir en U de l'unité de soins intensifs. L'infirmière en chef, une femme maigre d'une quarantaine d'années affublée de lunettes à monture rose, m'indiqua la chambre de ma grand-mère.

— Nous sommes ravis que vous soyez là, me dit-elle. Au fait, j'adore votre chronique. Comme nous tous ici, d'ailleurs.

— Merci, répondis-je en souriant. Vous êtes adorable. Ça fait du bien d'entendre ça.

Je rejoignis en hâte la chambre de Sam.

— Mais que s'est-il passé ? soufflai-je dès que je la vis.

Le spectacle était affligeant. Cernée par les « bips » des machines, ma grand-mère avait les bras meurtris par les tuyaux de perfusion. Quoi qu'il en soit, elle était en vie. En vie, certes, mais diminuée, livide, à peine plus palpable qu'un songe.

— C'est Jennifer, chuchotai-je. Je suis là, avec toi.

Je pris sa main dans la mienne.

— Je sais que tu m'entends. Pour le moment, c'est moi qui vais parler, et je continuerai jusqu'à ce que tu ouvres les yeux.

Quelques minutes plus tard, la porte s'ouvrit dans mon dos. Je me retournai. Le révérend John Farley parut, son abondante chevelure blanche en désordre, un pâle sourire aux lèvres. Il demeurait bel homme, malgré les années.

— Bonjour, Jennifer, dit-il à voix basse en m'étreignant.

Tandis que nous quittions la pièce, je me remémorai soudain la puissance des liens qui l'avaient jadis uni à mes grands-parents.

— Je me sens tellement soulagée de vous voir. Qu'avez-vous appris ?

Il secoua la tête.

— Elle n'a pas rouvert les yeux, c'est plutôt mauvais signe. Mais je suis sûr que le Dr Weisberg pourra t'en dire davantage demain. J'ai passé presque toute la journée ici, je suis venu dès que j'ai su.

Il me remit une clé.

— Tiens, la clé de sa maison.

Il me serra de nouveau contre lui. Il avait besoin de dormir un peu, me dit-il, s'il ne voulait pas grossir à son tour les rangs des malades. Après son départ, je regagnai la chambre de Sam. Je ne parvenais toujours pas à admettre ce qui venait de se passer.

Elle, toujours si robuste, si pleine de santé, toujours prompte à s'occuper des autres – de moi, en particulier. Je demeurai assise longtemps, attentive à sa seule respiration, à ce beau visage dont la contemplation me rappelait chacune de mes visites à Lake Geneva. Je trouvais à Sam un faux air de Katharine Hepburn. Nous avions d'ailleurs vu ensemble tous ses films, même si ma grand-mère s'entêtait à nier farouchement toute espèce de ressemblance.

Je me sentais désemparée. Comment aurais-je pu supporter de perdre Sam maintenant, alors qu'on venait à peine de me priver de Danny ? Les larmes inondèrent mon visage. Je jurai entre mes dents.

Je me repris un peu avant de m'approcher d'elle. Je l'embrassai sur les joues, puis j'observai ses traits. J'attendais, contre toute logique, qu'elle ouvre les yeux et se mette à parler. Bien sûr, il ne se passa rien. Pourquoi ? mais pourquoi ?

— Je rentre à la maison. Je ferai des *pancakes* pour le petit déjeuner, lui annonçai-je doucement. À demain matin. Tu m'entends ? Je serai là demain matin. À la première heure.

L'une de mes larmes tomba sur une des ses joues, mais elle se contenta d'y rouler.

— Bonne nuit, Sam.

4

J'ai pour ainsi dire tout oublié du trajet qui me mena de l'hôpital à Knollwood Road, au bord du lac Geneva, chez ma grand-mère. Je m'y sentis aussitôt chez moi, en parfaite sécurité.

À force de stationner sous le chêne de la cour depuis près d'un siècle, les automobiles avaient eu raison de la pelouse qui y poussait autrefois. Je ne fis pas exception et garai la Daimler au pied du vieil arbre. Je coupai le contact, puis demeurai assise une ou deux minutes au volant, le temps, espérais-je, de retrouver mes esprits avant de gagner la maison.

Sur ma gauche, le terrain descendait en pente douce jusqu'au rivage. Au-delà s'étirait un long ponton blanc sur la surface limpide du lac baigné par le clair de lune, où miroitait un ciel piqué d'étoiles.

À droite se dressait la vieille demeure en bois, ceinte de vérandas. Elle s'élevait sur deux étages asymétriques, car on y avait ajouté au fil des ans plusieurs pièces mansardées. Tel était le nid d'amour de mes grands-parents. J'en connaissais les moindres recoins et j'aurais pu dessiner les yeux fermés la vue qu'on avait depuis chaque fenêtre.

Je détachai ma ceinture de sécurité et sortis de la voiture dans la touffeur de l'été. L'odeur des lis Casablanca vint me chatouiller les narines. Sam et moi les aimions plus que tout, nous les tenions pour l'authentique trésor de ce jardin où nous avions passé de nombreuses soirées, assises sur le banc de pierre, à humer le parfum des fleurs en contemplant le ciel.

C'est là qu'elle m'avait raconté l'histoire de la ville – le lac pris par les glaces d'est en ouest, le cimetière mis au jour lors de la construction du parcours de golf…

Elle s'avérait intarissable en anecdotes et personne n'aurait su les dévoiler mieux qu'elle. Ma vocation d'auteur était née précisément ici, dans cette maison. Sam était devenue ma source d'inspiration.

Je me sentis brusquement accablée. Mes larmes, trop longtemps retenues, se déversèrent. Je me laissai tomber à genoux sur le sol durci du parking en répétant le prénom de ma grand-mère. Et si elle ne remettait plus jamais les pieds chez elle ? Cette seule pensée m'était insupportable.

Moi qui m'étais toujours crue si forte, voilà que le ciel semblait me tomber sur la tête. Le destin faisait tout pour m'abattre. Mais je ne comptais pas le laisser faire.

Combien de temps demeurai-je ainsi ? je l'ignore. Enfin, je me levai pour aller ouvrir le coffre, jetai mon sac sur mon épaule et me dirigeai vers la maison avec les chattes. Elles s'égosillaient du fond de leur cage. Je m'apprêtai à leur rendre leur liberté lorsqu'une lumière s'alluma dans une demeure située à une centaine de mètres en aval. Une seconde plus tard, tout s'éteignit.

Je me sentis observée. Mais qui pouvait savoir que je me trouvais là ?

Sam elle-même l'ignorait.

5

Je chérissais la demeure de ma grand-mère plus que tout autre lieu au monde. Nulle part je ne me sentais plus stable ni plus à l'abri – jusqu'à ce soir-là, du moins.

Mais cette fois, le charme semblait rompu. Je tirai la cuisine de l'obscurité dans laquelle elle était plongée. Puis je libérai les chattes de leur cage.

Ces demoiselles bondirent comme de petits chevaux de course au départ d'un tiercé. Sox est une chatte de gouttière mâtinée d'un quart siamois qui lui vaut son côté râleur. Euphoria, avec ses longs poils blancs et ses yeux verts, possède une nature langoureuse. Je leur donnai leur pitance ; mes mains tremblaient encore sous l'effet du stress.

Je passai ensuite d'une pièce à une autre. Rien n'avait changé.

Le vieux parquet ciré, fixé par de gros clous ; ce fouillis de plantes vertes qui, dans la salle de séjour, envahissait la baie vitrée, qui offrait une vue époustouflante sur le lac. Des livres un peu partout : *Bel Canto*; *Souvenirs d'une vie inattendue* de la reine Noor; le dernier ouvrage de Bill Bryson, l'écrivain voyageur.

Je retrouvai aussi les objets dont Sam et moi raffolions : une pince à glace en usage à l'époque où l'on acheminait à cheval les blocs de glace vers Milwaukee et Chicago ; de vieilles raquettes à neige ; des tableaux représentant les pommiers ronds et roses plantés le long du lac, d'autres figurant la vieille gare.

Je poussai un lourd soupir. J'étais ici chez moi, plus que n'importe où ailleurs, surtout depuis que Danny avait quitté pour toujours notre appartement de Chicago.

Je grimpai jusqu'à « ma » chambre, dont les fenêtres dominaient le lac. Je m'apprêtais à déposer mon sac sur la coiffeuse, lorsque je constatai qu'elle était déjà occupée.

Qu'est-ce que c'était que ça ?

Il y avait là une douzaine de paquets d'enveloppes, une centaine d'enveloppes en tout, peut-être davantage, toutes numérotées. Chacune d'elles m'était adressée.

Je ne tardai pas à comprendre et sentis mon cœur cogner dans ma poitrine. Des années durant, j'avais pressé Sam de me raconter sa vie. Je souhaitais consigner son histoire pour la transmettre plus tard à mes propres enfants. À présent, tout se trouvait devant moi. Avait-elle soupçonné ce qui allait lui arriver ? S'était-elle sentie faiblir ?

Je ne pris même pas la peine de me déshabiller. Je me contentai de me glisser entre les plis moelleux du couvre-lit et posai une pile de lettres sur mes genoux.

Je fixai mon nom calligraphié à l'encre bleue. Je connaissais par cœur l'écriture de ma grand-mère. Je retournai la première enveloppe et la décachetai avec soin.

La lettre qu'elle contenait avait été rédigée sur un beau papier de lin blanc.

Je pris une profonde inspiration, puis commençai ma lecture en frissonnant.

6

Chère Jennifer,

Tu viens de repartir pour Chicago au terme de notre dernier week-end « entre filles » et je pense très fort à toi. L'idée m'est venue de t'écrire lorsque nous nous sommes dit au revoir à côté de la voiture.

À te regarder dans les yeux, j'ai soudain éprouvé une émotion si poignante qu'elle m'a presque fait mal. Nous avons toujours été si proches l'une de l'autre, ai-je alors songé. Je me montrerais indigne de notre amitié, je la trahirais, même, si je te taisais plus longtemps certains épisodes de ma vie.

J'ai donc entrepris de te livrer des secrets que je n'ai encore jamais dévoilés à personne.

Tu verras, il y en a de jolis. D'autres, en revanche, pourraient bien te heurter. Oui, te heurter.

C'est dans ta chambre que je trace ces quelques lignes. Je contemple le lac, notre lac, en buvant une tasse de ce thé corsé que nous aimons toutes les deux. Je t'imagine en train de lire ces lettres et m'en réjouis d'avance. Je les rédige à mon rythme. De la même façon, n'en lis que quelques paragraphes de temps à autre. Je vois d'ici ton visage, Jennifer, je devine ton ravissant sourire.

En cet instant, c'est à l'amour que je pense. L'amour exalté, la folle passion qui vous fait battre le cœur à tout rompre. Mais je songe aussi à ces liens qui se nouent, pour toujours, à mesure qu'on apprend à se connaître. De tels sentiments vous unissaient, Danny et toi.

Pour ma part, j'ai foi en ces deux émotions, je suis persuadée qu'on peut les éprouver en même temps, et pour la même personne.

Mais avoue que tu te demandes ce qui peut bien me passer par la tête. Je suis prête à parier que tu es en train de tortiller une mèche de cheveux autour d'un de tes doigts.

Est-ce que je me trompe, Jennifer ?

C'est que je tiens, ma chérie, à te parler de ton grand-père et de moi, il le faut.

Pour tout te dire, je n'ai jamais réellement aimé Charles.

7

Jennifer,

Le voilà donc lâché, le pénible aveu, et voilà que tu l'as lu.

À présent, observe bien la vieille photographie en noir et blanc que j'ai jointe à cette lettre. Ce cliché a été pris le jour où le cours de ma vie a changé du tout au tout.

Il régnait une certaine touffeur en ce matin de juillet. Je m'en souviens car l'humidité avait fait friser mes cheveux ; je m'étais retrouvée affublée de ces affreuses bouclettes à la Shirley Temple, que je haïssais à l'époque. Tu vois les pots d'apothicaire dans la vitrine, derrière moi ? Je pose devant le drugstore de papa, les yeux plissés à cause du soleil auquel je fais face. Je porte une robe d'un bleu un peu passé. As-tu remarqué comme je me tiens, les poings sur les hanches, le sourire décidé ? C'était tout moi : je me sentais pleine d'assurance, un brin effrontée, naïve. Capable de devenir tout ce qu'il me plairait d'être. Du moins en étais-je persuadée.

Et c'est ce que j'avais en tête lorsque le photographe a appuyé sur le déclencheur.

J'avais perdu ma mère quelques années plus tôt et, cet été-là, je tenais le magasin. Je m'apprêtais à quitter Lake Geneva l'année suivante pour entreprendre des études de médecine à l'université de Chicago. Je comptais devenir obstétricienne et je n'étais pas peu fière des efforts que je déployais pour y parvenir.

Après la séance photo, j'ai suivi mon père dans la boutique étroite et chichement éclairée. J'ai balayé le plancher, puis disposé les journaux sur le radiateur, près de l'entrée.

J'étais en train de passer l'éponge sur le comptoir de marbre, autour de la fontaine à eau de Seltz, lorsque la porte s'est ouverte puis refermée avec fracas. Et ma vie tout entière a basculé.

J'ai levé la tête avec un air renfrogné. Mes yeux ont alors croisé ceux d'un jeune homme des plus séduisants. En un éclair, je l'avais détaillé de la tête aux pieds : il boitait – pourquoi donc ? Il portait des vêtements luxueux, sans doute séjournait-il au bord du lac, il devait y passer l'été. À son tour, il m'a dévisagée et ce regard, je l'ai reçu comme une balle en plein cœur.

Nous nous scrutions toujours. Il s'est approché lentement de la fontaine pour venir se jucher sur un tabouret pivotant. À la considérer de plus près, sa beauté n'avait rien de convenu : il avait le nez un peu trop large, les oreilles légèrement décollées. Mais cette chevelure d'un noir de jais, ces yeux bleu sombre, cette bouche admirablement dessinée... Je m'en souviens comme si c'était hier.

Il désirait déjeuner, j'ai pris sa commande. Je me suis obligée à faire demi-tour pour aller lui préparer un sandwich aux crudités, sans oignons, avec, à part, un supplément de mayonnaise.

Puis je me suis occupée du percolateur. Je sentais toujours son regard peser sur moi et me brûler la nuque.

J'avais des tas de choses à faire, ce matin-là : déballer les cartons de produits cosmétiques, aider mon père à réaliser les préparations pharmaceutiques, comme il me l'avait demandé...

Je demeurais pourtant rivée près de la fontaine à eau de Seltz, tout ça parce que ce garçon ne se décidait pas à décamper. Et pour être tout à fait sincère, je n'avais pas la moindre envie qu'il parte.

Il a finalement repoussé son assiette et a réclamé un autre «jus». Le mot m'a fait rire.

— Vous êtes belle, m'a-t-il dit tandis que je remplissais sa tasse. Je parie qu'on s'est déjà rencontrés. Dans l'un de mes rêves, si ça se trouve? Ou alors, je brûle tellement de vous connaître que je suis prêt à vous raconter n'importe quoi.

— Je m'appelle Samantha, ai-je balbutié. On ne se connaît pas.

Il m'a décoché un sourire lumineux.

— Alors, bonjour, Samantha. Moi, c'est Charles. Il m'a tendu la main. Accorderiez-vous une immense faveur à un militaire ? Accepteriez-vous de dîner en ma compagnie ce soir ?

Qui aurait pu refuser une telle invitation ?

8

Jen,

Ce soir-là, Charles et moi avons dîné au grand hôtel de Lake Geneva, où toi et moi passons des heures à déjeuner. À l'époque, je n'y avais jamais mis les pieds. Quel luxe raffiné ! Je me sentais étourdie, éblouie par toutes ces lumières – n'oublie pas que je n'avais que dix-huit ans. Nous avons soupé à la lueur vacillante des chandelles, les verres tintaient, des serveurs nous apportaient en silence des mets de roi et du vin à discrétion – il y avait même du champagne.

Charles avait vingt et un ans, mais il en paraissait beaucoup plus. Je me suis laissé subjuguer par tout ce qu'il m'a raconté ce soir-là… et par tout ce qu'il a préféré me taire. Pressé par mes questions, il a fini par me dire qu'il avait été blessé par balle en Sicile. Il a également fait allusion à une douleur plus profonde dont, m'a-t-il assuré, il me parlerait plus tard.

J'ai littéralement fondu. S'il avait lâché cette

remarque, cela signifiait que c'était avec moi qu'il envisageait désormais l'avenir.

À dix-huit ans, je restais très impressionnable, je n'étais qu'une petite provinciale. La fréquentation de ton futur grand-père m'a ouvert de nouveaux horizons, les portes d'un monde plus vaste qui m'intriguait beaucoup.

Il faut dire aussi que, pendant la guerre, la vie était devenue l'un de nos biens les plus précieux. Le frère de Gail Snyder était mort à Pearl Harbor, mon oncle Harmon avait été blessé et, pour la plupart, les garçons de mon entourage se battaient à l'autre bout du monde. Des « garçons », oui, des enfants pour ainsi dire. La guerre n'a d'ailleurs jamais représenté autre chose à mes yeux qu'un endroit où l'on envoie périr des enfants. Le retour de Charles de même que notre rencontre cet été-là tenaient donc du miracle.

Nous sommes sortis ensemble tous les soirs pendant un mois et demi. Souvent, il venait également déjeuner chez nous. J'avais retrouvé mon aplomb, jamais je ne m'étais autant amusée. Charles, qui évoquait volontiers les divers pays d'Europe qu'il avait visités, entonnait, pour me faire rire, des chansons populaires américaines en prenant l'accent français. Il lui arrivait parfois de se rembrunir, mais dans l'ensemble, je vivais un rêve éveillé. Il était si beau, si plein d'esprit. Et puis, c'était un héros de la guerre.

Un soir, au clair de lune, sur les bords du lac, il m'a avoué à mi-voix qu'il m'aimait et qu'il m'aimerait toujours. Ses certitudes ont suffi à me convaincre. Neuf semaines après notre premier rendez-vous, il me demandait en mariage. J'en aurais bien bondi jusqu'au ciel. J'ai poussé des hurlements : c'était oui. Puis Charles m'a tendrement embrassée en me glissant à l'annulaire un gros diamant taille émeraude. J'étais la jeune femme la plus heureuse du monde.

Nous nous sommes unis à la fin du mois de septembre. Le temps était capricieux, ce jour-là. Tantôt le soleil brillait, radieux, tantôt il disparaissait derrière des nuages de coton gris. Cette alternance d'ombre et de lumière m'évoquait un rideau qui serait tombé entre chaque acte d'une pièce de théâtre. Et c'est vrai que la noce avait quelque chose de ces shows éblouissants qu'on donne à Broadway. J'étais folle de Charles. Tout me paraissait quelque peu irréel, mais je me sentais merveilleusement bien.

La cérémonie s'est tenue au Country Club de Lake Geneva. Mon père, qui n'en était pas membre, n'avait pas de quoi financer un tel événement. Les Stanford, eux, avaient les reins solides. Nous avons donc laissé mes futurs beaux-parents se charger de presque tout.

Mais mon père avait tenu à commander lui-même ma robe auprès de Mme Sine. Elle avait confectionné pour l'occasion la plus belle tenue de soie blanche qui se puisse imaginer, avec un col montant, des dizaines de boutons courant dans le dos, et d'autres, plus nombreux encore, piqués le long des manches jusqu'aux poignets. Et cette longue jupe bouffante qui me descendait jusqu'aux pieds…

Tu la connais bien, cette robe, puisque c'est celle que tu portais lorsque tu as épousé Danny.

Je n'ai rien oublié : le Country Club, nos invités, Charles, avec ses cheveux noirs lissés vers l'arrière et son beau maintien. Mon père m'a escortée jusqu'à mon superbe fiancé, avant qu'un juge de la cour suprême de l'Illinois n'officialise notre union. J'ai prononcé mes vœux d'une voix faible, mais Dieu sait que je les pensais de tout mon cœur.

Nous avons échangé les alliances, puis Charles a soulevé mon voile pour m'offrir un baiser. Des hourras et des applaudissements ont retenti, après quoi tout le monde s'est dispersé sur l'immense pelouse. On avait dressé, au bord du lac, des tentes dont le vent gonflait la toile blanche. Les meilleurs traiteurs de la région s'étaient surpassés et l'on se régalait au son d'un excellent orchestre de Chicago, venu jouer pour nous du Benny Goodman et du Glenn Miller.

La noce se composait pour moitié de personnages distingués, vêtus par des tailleurs de New York ou de Chicago. Mes proches, par contraste, paraissaient endimanchés, fixant un peu trop souvent le bout de leurs souliers. Mais la magie du champagne a fini par opérer. Nous avons dansé comme des perdus sur le gazon, tandis que passaient, au-dessus de nos têtes, des troupeaux d'oies sauvages. À la fin de la journée, mes amis sont venus papillonner autour de moi. Tous m'enviaient. Je les comprenais ô combien et leur donnais mille fois raison.

Tel était mon bonheur, Jennifer : un bonheur sans nuages.

Du moins l'ai-je cru tout au long de cette nuit resplendissante, ma nuit de noces sur les rives de notre cher lac Geneva.

9

Je ne lus qu'une poignée de lettres, comme convenu. Je finis par m'endormir tout habillée. Forcément, je rêvai de Sam, de la jeune fille qu'elle avait été, de la femme qu'elle était devenue. J'éprouvai, à mon réveil, un vague sentiment d'effroi, comme si l'on venait de me tirer d'un affreux cauchemar, d'un songe dont j'aurais fait partie malgré moi.

Il me fallut un peu de temps pour reconnaître les murs vert pomme et le plaid en mohair duveteux étalé sur mes jambes. Enfin, j'identifiai les lieux. Je me trouvais chez Sam, où j'aurais dû me sentir en lieu sûr ; où j'étais censée vivre heureuse, à l'abri du monde. Après tout, il en avait toujours été ainsi.

J'eus l'impression d'un poids sur ma poitrine – Sox y dormait profondément.

Je venais à peine de la déloger lorsqu'un cri suraigu me parvint à travers les minces vitres de la chambre. J'en eus froid dans le dos. Quelqu'un était-il en train de se faire assassiner ? Bien sûr que non – mais alors, que signifiait ce terrible hurlement ?

D'un bond, j'étais à la fenêtre. J'écartai les rideaux pour examiner la cour. Le jour se levait.

De mon perchoir, je ne distinguais guère que des ombres, la brume qui montait du lac en minces volutes, ainsi qu'une rangée de maisons aux toits de bardeaux qui s'étirait vers le sud. Soudain, un homme traversa à toute allure la pelouse d'une demeure située à une centaine de mètres en aval. Il poussait des clameurs avec une exubérance de gosse.

Il enfila sur toute sa longueur le ponton branlant qu'on venait de peindre en blanc et, dans la foulée, piqua une tête dans l'eau peu profonde.

Il réalisa un plongeon impeccable. La scène n'en demeurait pas moins très insolite, en ces petites heures de l'aube.

J'observai ses mouvements déliés pendant environ une minute, après quoi il s'évanouit dans le brouillard. C'était un bon nageur – gracieux, puissant. Il me fit penser à Danny, excellent nageur, lui aussi.

Je me détournai de la fenêtre. J'étais bien réveillée, à présent. J'ôtai mes vêtements de la veille et je pris, sur le dessus de mon sac, un jean propre et un sweat-shirt de base-ball bleu. Je ramassai les lettres de Sam, qui avaient glissé par terre. La fameuse phrase me revint en mémoire :

« Je n'ai jamais réellement aimé Charles. » Je ne parvenais toujours pas à m'y faire. Car je l'avais aimé, mon grand-père. Comment admettre que Sam ait pu voir les choses autrement ?

Je descendis à la cuisine, une pièce aux tons chauds dans laquelle j'avais entamé d'innombrables journées d'été. Je préparai du café avant d'appeler l'hôpital pour prendre des nouvelles. Je voulais aussi m'assurer que le médecin aurait le temps de me recevoir dans la matinée. On m'apprit déjà que l'état de Sam était stationnaire. Hélas ! elle n'avait toujours pas rouvert les yeux.

Les lieux avaient beau m'être familiers, je me cognais partout. J'avalai mon petit déjeuner en solitaire : des céréales aux fruits, une orange pressée, un « jus » avec des tartines de pain complet, grillées et beurrées. Après avoir nourri les chattes, je jetai un coup d'œil dehors – le nageur avait-il reparu ? Non. Peut-être l'avais-je tout simplement inventé, après tout.

Je contemplais le lac Geneva en sirotant mes dernières gorgées de café. Quelle splendeur ! Les vapeurs de l'aurore commençaient à se dissiper… Mais voilà mon nageur en train de se hisser sur le ponton et s'essuyant le corps du tranchant de la main. Je remarquai alors qu'il était entièrement nu.

L'inconnu était plutôt bien bâti et, de toute évidence, il le savait. Un narcissique, comme tous les hommes. Et puis quel sans-gêne. « Pauvre type », grommelai-je.

Une dizaine de minutes plus tard, le moteur de la Daimler ronronnait sous le chêne. Je posai une pleine brassée de fleurs fraîches à côté de moi, sur le siège passager, et partis pour l'hôpital. Sam allait devoir répondre à quelques-unes de mes questions.

10

En moins d'un quart d'heure, j'étais à l'hôpital et, sitôt arrivée, je gagnai l'unité de soins intensifs. Malgré les visiteurs qui affluaient déjà vers le bureau des infirmières, je parvins à accrocher l'un des médecins. Mais le Dr Mark Ormson me pria de l'excuser. J'allais devoir attendre, car le praticien qui s'occupait de ma grand-mère était justement en train de l'examiner.

J'avisai une machine à café dans la salle d'attente voisine. J'y glissai quelques pièces. C'était idiot : j'avais certes grand besoin de voir Sam, mais pour ce qui était du café, j'en avais bu suffisamment.

J'aperçus du coin de l'œil un homme d'environ soixante-quinze ans, le teint hâlé, la barbe taillée avec soin. Il me fit un signe de la main puis, quittant la rangée de sièges en plastique où il avait pris place, se dirigea vers moi. Je reconnus Shep Martin, le notaire de Sam, qui vivait, lui aussi, sur les rives du lac.

Nous nous assîmes pour bavarder. À n'en pas

douter, il était comme tout le monde ici, à la fois surpris et atterré par ce qui venait d'arriver à ma grand-mère.

— J'adore Sam. Je la connais depuis quarante ans, me confia-t-il. C'est d'ailleurs ici que j'ai fait sa connaissance, dans cet hôpital.

L'anecdote qu'il me livra me laissa sens dessus dessous.

— Cela s'est passé il y a donc une quarantaine d'années. Je n'étais pas à Lake Geneva, ce soir-là. On m'a appelé pour me prévenir que mon père venait d'avoir un accident de voiture. C'était grave. Je me suis rendu à l'hôpital le lendemain matin. À son chevet se trouvait une femme que je n'avais jamais vue de ma vie. Et cette femme lui tenait la main. Je ne savais pas quoi dire.

» Par bonheur, c'est Sam qui a parlé la première. La veille au soir, m'a-t-elle expliqué, elle avait rendu visite à une amie hospitalisée. Ton grand-père était en déplacement. Au moment où elle était passée devant la chambre de mon père, une infirmière en était sortie. Il y avait eu méprise, elle avait confondu Sam avec ma sœur Adèle. Elle l'avait attrapée par le poignet pour la conduire auprès du blessé. « Votre père vous réclame », avait-elle indiqué.

» Le malheureux était à peine conscient. Il ne s'est jamais rendu compte qu'il avait affaire à une parfaite inconnue. Sam, de son côté, n'a jamais cherché à le détromper. Elle l'a veillé toute la nuit – simplement parce qu'il avait besoin d'une présence.

À peine Shep eut-il terminé son histoire que je sursautai en entendant mon nom.

Un homme blond, rasé de près, se tenait à l'entrée de la salle d'attente. Vêtu d'une blouse de chirurgien verte, le Dr Max Weisberg tenait à la main un diagramme. Je connais Max, qui est un peu plus âgé que moi, depuis l'enfance ; nous avons grandi tous deux au bord du lac.

Il s'avança vers moi, la mine sombre, et me tendit la main.

— Je suis bien content que tu sois là, Jennifer. Tu peux aller voir ta grand-mère.

11

Max, qui m'accompagna jusqu'à la chambre de Sam, répondit en chemin à la plupart des questions dont je le bombardai. Il finit par me suggérer d'entrer plutôt la voir. J'approchai du lit, mon bouquet à la main, puis je me penchai vers elle. Qui sait, peut-être le parfum des fleurs parviendrait-il jusqu'à ses narines.

— Bonjour, c'est Jennifer. Je reviens te casser les pieds et je compte bien m'imposer jusqu'à ce que tu me dises toi-même de rester chez moi.

» Toute la ville demande de tes nouvelles. Pour un peu, tout le monde exigerait que tu sois déjà rétablie. Tu nous manques beaucoup, Sam. Mais c'est à moi que tu manques le plus cruellement.

Je disposai les fleurs sur l'appui de fenêtre, non loin du lit.

— J'ai trouvé tes lettres. Comment aurais-je pu les rater ?

Je tendis la main pour toucher la joue de ma grand-mère, puis j'y déposai un baiser.

— Merci de m'avoir offert un tel cadeau. Je te

promets de ne pas tout lire d'une traite, même si j'en meurs d'envie.

J'observai son visage. Moi qui croyais le connaître par cœur. De toute évidence, il n'en était rien. Elle était restée très belle, d'une beauté simple et sans apprêt. De nouveau, mes yeux s'emplirent de larmes et, incapable d'articuler un son, je sentis le chagrin me déchirer la poitrine. Je l'aimais si fort. Danny et elle étaient mes meilleurs amis, les seuls à qui j'aie jamais livré mes pensées les plus intimes. Pourquoi avait-il fallu que tout cela arrive ?

— Je vais te raconter une histoire, finis-je par lâcher. Je devais avoir quatre ou cinq ans, à l'époque. Chaque année, nous quittions plusieurs fois Madison au cours de l'été pour venir vous voir au bord du lac. À tel point que la belle saison se confondait pour moi avec nos séjours à Lake Geneva.

» Tu te rappelles, Sam ? Après chacune de nos visites, tu nous regardais partir, debout sur la véranda, en criant « Au revoir ! Je vous aime ! ».

» Moi, je me penchais à la portière et je te répondais « Au revoir, grand-mère ! Je t'aime aussi ! Je t'aime ! » Ce que tu ignores, c'est qu'ensuite je répétais ces phrases sans discontinuer jusqu'à la maison. Je t'aime de tout mon cœur, Sam. Tu entends ? Je t'adore. Et il est hors de question, cette fois, que je te dise au revoir.

12

Je quittai Sam à contrecœur, mais j'avais un déjeuner, et je ne voulais pas le manquer. Je sortis de l'hôpital. Quelques minutes plus tard, je descendais la rue principale de Lake Geneva au volant de la Daimler.

Lake Geneva a tout d'un village de poupées et il n'y a guère que quelques cyniques pour demeurer insensibles à son charme bon enfant. La grand-rue, toujours animée, est bordée de restaurants fameux et d'adorables boutiques d'antiquités. En toile de fond, le lac étincelle de mille éclats.

Au feu rouge, j'observai les joyeux passants qui flânaient en groupes sur les trottoirs. La scène m'apparaissait à travers le prisme de mes souvenirs : Danny et moi avions été, nous aussi, de ces promeneurs pleins d'entrain, au cours des étés précédents. J'aurais tant aimé l'avoir encore à mes côtés.

Je me garai devant l'ancien drugstore de mon arrière-grand-père. J'entrai. À l'intérieur, il faisait frais. John Farley m'attendait au fond du café, dans un box garni de sièges en cuir rouge. Fringant sous sa toison blanche, il portait un pantalon de toile kaki et un maillot de rugby à rayures bleues et jaunes.

Il se leva dès qu'il me vit approcher.

— Tu as une mine d'enfer, me lança-t-il, ironique.

— Et l'enfer, c'est votre rayon !

Je me pris à sourire pour la première fois de la journée. Les ecclésiastiques donnent souvent l'impression d'avoir appris la vie dans les livres. Avec John, c'était tout l'inverse. Il en savait aussi long sur les réalités de l'existence qu'un bon psy de Chicago. Nous commandâmes des sandwichs au fromage grillé et des milk-shakes au chocolat. La jeune serveuse qui s'occupait de notre table ne se doutait de rien, mais c'est en ton sépia que je voyais la fontaine à eau de Seltz qui trônait un peu plus loin. Je revivais mentalement la rencontre de Sam et de Charles, ici même, telle que ma grand-mère venait de me la raconter dans sa lettre.

— Quel genre d'homme était mon grand-père ? demandai-je à John lorsque nous fûmes servis.

— C'était un excellent avocat, mais il trichait au golf. Il aimait la vie de famille. Mais il se sentait plus à l'aise entouré d'autres hommes.

— Charles et Sam se sont connus à deux mètres à peine de l'endroit où nous sommes assis.

Une tristesse fugitive dut passer sur mon visage et le pasteur la vit. Il se pencha pour prendre mes mains entre les siennes.

— Je vais te dire ce qui me vient à l'esprit dès que je songe à ton grand-père : il avait horreur de se salir et, pourtant, il passait son temps à ratisser la cour, déplacer des cailloux, ramasser du bois, bricoler la voiture de ta grand-mère, tout ça pour lui faire plaisir.

» En contrepartie, elle prenait soin de lui. Elle lui préparait de bons petits plats, elle le soutenait dans les épreuves… Ils étaient très attachés l'un à l'autre.

Je hochai la tête. Me disait-il toute la vérité ?

— Et Sam, comment était-elle ?

John Farley me décocha le plus éblouissant des sourires.

— Ta grand-mère est la femme la plus solide que je connaisse. Je suis sûr qu'elle va s'en tirer. Elle n'est pas du genre à se laisser abattre.

13

Je regagnai Knollwood Road dans l'après-midi. Pour tâcher de ne pas me laisser abattre par les récents événements, l'idée me vint de préparer l'un des célèbres gâteaux dont ma grand-mère avait le secret. J'allais ensuite l'engloutir d'une seule pièce. Devant la maison, le chêne majestueux jetait son ombre immense sur la cour. Comme d'habitude. Un couple flânait sur le sentier qui fait le tour du lac. Des voiles aux couleurs vives fleurissaient sur l'eau.

Un vieux monsieur aux joues roses, installé sur la berge dans son fauteuil roulant, lançait une balle de tennis à un corniaud à poil brun. Le chien la rapportait à tous les coups. Son maître finit par remarquer ma présence. Il agita la main dans ma direction, comme on a coutume de le faire ici.

Je le saluai en retour avant de rentrer dans la maison. Puis je revins m'installer sur la véranda avec un grand verre de citronnade et une pile de lettres.

Mille questions se bousculaient dans mon esprit

au sujet de mes grands-parents. *Je n'ai jamais réellement aimé Charles.* Le pensait-elle vraiment ? Comment était-ce possible ? Quels secrets me restait-il à apprendre au long de ces pages ?

Je m'assis dans un rocking-chair en rotin, défis la liasse d'enveloppes et donnai la ficelle à Sox. Elle fila dans les buissons, comme pour aller mettre à mort une proie.

Tandis qu'une brise légère passait dans mes cheveux, j'entamai ma lecture. J'allais bientôt découvrir le vrai visage de Sam.

Dans ses premières lettres, elle avait consigné quelques réflexions sur son jardin, ainsi que sur la chronique un brin agressive que j'avais consacrée à la gestion désastreuse des services de la poste à Chicago. Elle y avait aussi noté ce qu'elle pensait de Bill Clinton, qu'elle adorait, mais qui l'avait terriblement déçue.

Après quoi, l'histoire de sa vie reprit son cours – ce fut un nouveau coup de théâtre. Dire que je venais à peine de me remettre du premier.

14

Jennifer,

Cette lettre pourrait bien être la plus terrible de toutes celles que je compte t'écrire.

Charles et moi, tu le sais, avons passé notre lune de miel à Miami. Nous étions descendus au Fontainebleau, un superbe palace situé sur Collins Avenue, en bordure de l'Océan. Mais Charles était mécontent, il n'a pas décoléré de tout le séjour. Le personnel était trop obséquieux à son goût et on nous servait, prétendait-il, des mets trop copieux. Pour un peu, il y aurait eu trop de sable sur la plage. Il dénigrait tout.

Il se montrait particulièrement impitoyable envers moi.

Le troisième soir, après le dîner, nous nous étions installés sur la petite terrasse de notre chambre, parmi le bruit des vagues qui se brisaient contre les digues. Ton grand-père avait beaucoup bu.

Je tâchais d'entretenir la conversation.

— Je l'ai trouvé gentil comme tout, ce couple de

Caroline du Nord. On a bien ri, tous les quatre, tu ne trouves pas ?

Son expression a changé d'un seul coup. Il est entré en fureur. C'était à n'y rien comprendre. Il m'a regardée droit dans les yeux.

— Ne t'avise jamais de me tenir tête, ni de devenir trop envahissante. Tu n'as pas intérêt non plus à jouer les idiotes. Sinon, je te quitte. Et tu n'auras pas un sou.

Puis il m'a giflée à toute volée. Jamais personne n'avait encore levé la main sur moi.

Charles s'est rué dans la chambre. J'étais anéantie. Je suis demeurée longtemps sur la terrasse. Dans mes oreilles retentissait la clameur de l'Atlantique – ou bien était-ce le sang qui battait contre mes tempes ? Je ne désirais plus qu'une chose : rentrer chez moi. Hélas ! c'était impossible.

Je ne savais plus où j'en étais. Pour suivre Charles, j'avais abandonné ma famille et tous mes amis. Or, à l'époque, les choses ne se passaient pas comme elles se passent aujourd'hui, surtout pour les petites provinciales dans mon genre. Et puis, une femme ne demandait jamais le divorce, quand bien même son époux l'aurait battue.

Cette nuit m'a ouvert les yeux. J'ai compris que Charles et moi allions passer notre vie ensemble et que je ne pouvais plus y faire grand-chose. Lorsque nous avons quitté Miami, je lui ai tout de même décrété que s'il lui reprenait l'envie de me frapper je le planterais là. Et je me fichais bien des conséquences. Tout le monde saurait quelle espèce de brute il était.

Au retour de notre lune de miel, nous avons emménagé à Chicago, dans un grand appartement. Nos relations ne se sont pas améliorées pour autant. Après ses études de droit, ton grand-père a intégré l'entreprise familiale. Bientôt, ta mère est venue au monde, puis ta tante Val. Moi, je ne vivais plus que pour l'été, que j'allais passer tous les ans à Lake Geneva.

Charles, qui travaillait à Chicago, m'y rejoignait le week-end. J'appréhendais ces retrouvailles. Il était toujours d'une humeur massacrante, même s'il levait rarement la main sur moi. Il se montrait égoïste et prenait un malin plaisir à me déprécier devant les enfants comme devant nos amis. Seulement, c'était lui qui subvenait aux besoins de notre famille. Et puis il a tenu parole, il a fini par me livrer le terrible secret enfoui dans son passé. Il s'est en revanche montré beaucoup plus discret sur le présent, se gardant bien de me parler des maîtresses qu'il collectionnait, à Chicago et ailleurs.

Je suis navrée de devoir t'infliger tout cela, mais c'est toi qui voulais que je te raconte ma vie.

15

Ma chérie,

Il me faut encore t'expliquer deux ou trois petites choses au sujet de Charles. C'est à ce seul prix que tu parviendras à comprendre comment il est devenu cet homme-là, peut-être même le grand-père qu'il a été pour toi.

Au bout de trois ans de mariage, il s'est enfin décidé à me révéler ce qu'il appelait « les secrets du père », ces événements qui ont façonné toute son existence – et la mienne. Il s'est livré un soir. Nous étions déjà couchés. Dans la pièce à côté, ta mère dormait dans son petit lit. Elle avait un sommeil d'ange, à l'époque. Dehors, les voitures glissaient sous la pluie, balayant la chambre de leurs phares chaque fois qu'elles passaient à hauteur des fenêtres de notre appartement.

À l'âge de seize ans, Charles a vécu un traumatisme qui devait chambouler toute sa vie.

Ce jour-là, ses parents avaient organisé une fête en l'honneur de Peter, son grand frère, qui allait entrer à l'université. Après le dîner, les invités s'étaient installés dans la bibliothèque pour prendre le café. Pendant que Peter ouvrait ses cadeaux, Charles a étourdiment lancé à son père que c'était toujours son frère aîné qu'on gâtait le plus.

Arthur Stanford l'a rembarré en le traitant d'ingrat. Puis il a déclaré qu'il était temps pour lui d'apprendre la vérité.

— Tu n'es même pas notre fils, a-t-il vociféré. Nous t'avons adopté !

Il lui a asséné la nouvelle sans ménagement, devant la famille au grand complet. Tout le monde s'est figé. Dans le silence pesant qui s'était abattu, Charles s'est précipité dans l'escalier qui menait à sa chambre, son père sur les talons. Sur le palier, ton grand-père a hurlé qu'il savait bien que tout cela était faux.

Entre-temps, Arthur Stanford s'était un peu apaisé.

— Je t'assure que je ne suis pas ton père. Je suis ton oncle. C'est mon frère Ben qui est ton vrai père. Il a engrossé une petite moins que rien, sortie on ne sait d'où.

— Tu mens, a balbutié Charles d'un ton lamentable.

— Dans ce cas, va poser la question toi-même à ton père. Après tout, il est temps que tu fasses sa connaissance. Aux dernières nouvelles, il travaillait au Murray Tap, un bar de Milwaukee.

Arthur Stanford a baissé la voix.

— Caroline et moi t'avons recueilli. Nous avons essayé de t'aimer, Charlie. Nous faisons de notre mieux.

Ce soir-là, ton grand-père a pris le chemin de la gare. Il y a acheté un billet, puis s'est assis dans un train à destination de Milwaukee.

Les phares des voitures me révélaient le visage de Charles par intermittence. Ses yeux brillaient d'un éclat douloureux. Cela m'a émue. Je ne pouvais certes pas tout lui pardonner, mais je comprenais à présent d'où lui venait cette colère qui pouvait le rendre si féroce.

Ton grand-père a repris son récit. J'en ai été tellement frappée que j'ai gardé en mémoire jusqu'à aujourd'hui certains des mots qu'il a alors employés.

Deux heures plus tard, son train entrait en gare de Milwaukee. L'expression de son oncle, une « petite moins que rien, sortie on ne sait d'où », résonnait dans sa tête comme un refrain sinistre. À minuit, il arpentait Michigan Street. Deux grandes brasseries se dressaient non loin de là. Il flottait dans l'air une lourde odeur de bière.

Il a demandé son chemin, puis marché vers l'est jusqu'à Murray Avenue. Pour un peu, il manquait l'établissement qu'il cherchait.

À la devanture ne brillait en effet aucune enseigne. On ne distinguait guère, à gauche de la porte, qu'une vitre sale éclairée par un panneau publicitaire pour une marque de bière. Charles a tiré sur la porte, qui s'est ouverte en grinçant. Il régnait dans la salle une obscurité plus profonde que celle de la rue. Un long comptoir s'étirait sous une épaisse couche de poussière.

Les serveurs, qui sentaient le malt rance, ont jeté un bref regard à ton grand-père, mais personne n'a fait le moindre commentaire. Nul ne semblait se soucier de sa présence.

Dès que ses yeux ont été accoutumés aux ténèbres, il s'est juché sur un tabouret. De là, il a observé les lieux dans leurs moindres détails : les cornets à dés sur le comptoir – certains ouvriers tâchaient de gagner au jeu quelques consommations –, une ardoise vantant la «pisse de panthère», la spécialité maison.

Il a surtout examiné le barman et reconnu, dans cette brute au visage couturé de cicatrices, un authentique Stanford, avec son nez aristocratique légèrement de travers et ses oreilles un peu décollées.

— J'ai éprouvé de l'amour pour lui, m'a-t-il confié, et ça m'a presque fait mal.

Il a regardé son père escroquer un client, l'a écouté raconter, sur les femmes, des plaisanteries tellement obscènes qu'il s'est senti rougir.

Enfin, l'homme a passé une loque crasseuse sur le comptoir, avant de venir se planter sous son nez en ricanant.

— Tire-toi de là, morveux. Mets donc les voiles

avant que je te fasse traverser le lac Michigan à coups de pompe dans le derrière.

Charles a ouvert la bouche, sans parvenir à articuler le moindre mot. La confrontation s'est éternisée. Il avait le visage brûlant, mais pas un son ne sortait.

— Tapette, a lâché son père. (Les habitués se sont esclaffés.) Le morveux est une tapette. Et maintenant, tire-toi !

Tremblant et bouleversé, ton grand-père s'est laissé glisser de son tabouret, puis il a quitté le bar. Il n'a jamais révélé à son père qui il était, il ne lui a jamais adressé la parole. Ni ce jour-là ni plus tard.

Lorsque je lui ai demandé pourquoi il avait décampé sans un mot, il m'a répondu d'une voix blanche, comme si le seul fait de m'en parler le mettait à la torture, qu'il avait reconnu, dans le regard de son père, la froideur qu'il avait déjà lue dans les yeux d'Arthur. De toute façon, il savait bien que son père ne l'avait jamais aimé, qu'il ne l'aimerait jamais.

— Puisque je n'ai eu aucun mal à retrouver sa trace, pourquoi n'a-t-il jamais retrouvé la mienne ?

Une fois sa confession achevée, j'ai serré ton grand-père dans mes bras. Je savais désormais que j'étais sa seule amie, quel que soit le sens qu'il ait pu donner au mot « amitié ». Mais tandis que je caressais ses cheveux après l'avoir attiré contre ma poitrine, j'ai soudain compris autre chose. J'ai deviné en cet instant les vraies raisons qui l'avaient poussé à m'épouser. Je n'étais, moi aussi, qu'une « petite moins que rien, sortie on ne sait d'où ». Notre mariage n'avait été pour lui qu'une provocation, un défi lancé à la face de la famille Stanford.

Je n'avais que vingt-deux ans à l'époque mais, pour moi, la vie était terminée.

16

Je m'arrachai à ma lecture, pantelante. Qu'elle était triste, l'histoire que Sam venait de me livrer ! Et même si j'avais adoré mon grand-père, ces récits contenaient un accent de vérité qui ne pouvait pas me tromper. J'avais beau avoir promis de lire les lettres peu à peu, je brûlais d'en savoir plus. Comment Sam avait-elle pu demeurer auprès de son mari toutes ces années ?

J'étais assise dans la cuisine et je venais de soulever le rabat de l'enveloppe suivante, lorsque, du coin de l'œil, je perçus un mouvement. J'entendis en même temps des pas sur la pelouse.

Un homme tournait au coin de la maison. C'était curieux, il me semblait le connaître, mais impossible de me rappeler d'où. Je sortis sur la véranda pour savoir ce qu'il voulait.

Dans ses cheveux châtain clair un peu ébouriffés se dressait une mèche rebelle résolument pointée vers l'avant. Il avait des yeux d'un bleu intense.

— Salut, lança-t-il.

— Salut, répondis-je, méfiante.

Il devait approcher la quarantaine, portait un short kaki, un tee-shirt « Université Notre-Dame » et de drôles de sandales telles qu'on en voit aux pieds des vieux messieurs.

Enfin, la lumière se fit. La dernière fois que je l'avais vu, il n'avait pas le moindre vêtement sur le dos. C'était lui, le nageur plus bruyant qu'une horde de Huns.

— Jennifer ? hasarda-t-il.

Je me troublai un peu. Comment connaissait-il mon prénom ? Il posa la main sur la rampe et grimpa les marches du seuil.

— On se connaît ?

— Pardon. Je m'appelle Brendan Keller. Je loge chez mon oncle Shep, à quatre maisons d'ici. Il m'a raconté qu'il t'avait croisée à l'hôpital. Brendan Keller. Tu ne te souviens pas de moi, c'est ça ?

Je fis d'abord non de la tête. Puis oui. Tout me revenait, à présent. Avec mon cousin Éric, Brendan avait été l'une des figures importantes de mes premiers étés à Lake Geneva. Ils étaient peu à peu devenus les frères que je n'avais jamais eus. Pendant un an ou deux, je les avais suivis partout. Eux m'avaient surnommée Scout, comme la fillette *Du silence et des ombres*.

Cela dit, je n'avais pas revu Brendan depuis. Je lui tendis la main.

— Ça fait un bail, dis donc.

Assis sur la véranda, nous bavardâmes un moment autour d'un verre de thé glacé. Nous évoquâmes surtout le Lake Geneva tel que nous l'avions connu « au bon vieux temps ». Il savait que j'étais chroniqueuse et je finis par apprendre que lui-même était devenu médecin.

— Éric et moi, on t'appelait Scout, tu te souviens ? C'est que tu étais drôlement dégourdie, pour une gamine de dix ans. Je suis sûr que tu l'avais lu, *Du silence et des ombres*.

Je ris en baissant les yeux. Quelque chose me chiffonnait, mais quoi ? Il suivit mon regard.

— Ce sont mes chaussures que tu examines.

— Non, je...

Un sourire éclaira peu à peu son visage.

— Je les ai empruntées à mon oncle. Tiens, en parlant de Shep, il m'a dit que le Lion's Club organisait un déjeuner, tout à l'heure, à Fontana. Si ça te dit, je t'invite.

Je secouai la tête, dans un mouvement de refus qui tenait presque du réflexe conditionné.

— Non merci, désolée. C'est impossible. Il faut que je rédige ma chronique. Je suis déjà très en retard.

— Et si je change de chaussures ? J'ai une paire de mocassins très sympa, tu sais. Ou alors des tennis ? Je peux aussi y aller pieds nus.

Je souris.

— Je ne peux vraiment pas, désolée. J'ai des délais à respecter. Sincèrement.

Brendan se leva et reposa son verre.

— Je comprends. En tout cas, puisque j'habite à deux pas, j'espère qu'on va se revoir. Brendan Keller, tu te rappelleras ?

— Et moi, c'est Scout.

Nous nous dîmes au revoir, vaguement gênés. Il repartit vers la demeure de son oncle. Je lui fis un dernier signe. Mon humeur songeuse s'était dissipée. Je mis les lettres de côté et rentrai dans la maison.

Je travaillai plutôt bien, cet après-midi-là. Une ou deux fois, mes pensées s'envolèrent vers le déjeuner du Lion's Club, qui se déroulait sans moi. Je préparai une salade pour le dîner. Pourquoi diable m'acharnais-je à prendre seule tous mes repas ?

La réponse ne se fit pas attendre. À cause de Danny.

Et de notre « petit bout de chou ».

17

Cette nuit-là, je rêvai de Danny pour la énième fois. Je fis le cauchemar que je hais par-dessus tout, celui où je suis à la fois Danny, et moi en train de le regarder.

La scène est invariablement la même.

Danny est parti faire du surf dans le nord de l'île d'Oahu, sur l'une des plus belles plages qu'on puisse imaginer. Là-bas peuvent déferler les plus grosses vagues du monde. À d'autres moments, on s'y promène au bord d'une mer d'huile.

Ce jour-là, Danny est seul. Nous aurions dû prendre nos vacances ensemble, mais à la dernière seconde, je suis restée à Chicago pour préparer un article important que m'a commandé le *Tribune*. Toujours est-il que c'est moi qui ai choisi de ne pas partir.

Danny attend la vague. Il se met debout sur sa planche. Hélas ! celle qui arrive se dresse beaucoup plus vite que prévu et le précipite au fond de l'eau, à quelque six mètres. Il ne sait plus dans quelle direction orienter ses efforts. Il se rappelle alors la règle de base : toujours tendre une main vers le haut, l'autre vers le bas, pour chercher à la fois l'air et le sable.

La vague, dont la puissance le stupéfie, le rejette vers le fond. Il entend battre le sang à ses oreilles, il a de l'eau plein le nez. Le courant le malmène en tous sens, on dirait un pantin désarticulé. Il a les jambes engourdies, peut-être s'est-il cassé quelque chose. Il éprouve aussi une terrible sensation de brûlure dans les poumons.

L'instant d'après, Danny cesse de penser à quoi que ce soit… sauf à moi et au bébé… Il m'appelle au secours.

Je m'éveillai dans mon ancienne chambre, chez Sam. J'étais en sueur et mon cœur battait la chamade. Comment pouvais-je espérer faire table rase du passé, puisque Danny revenait dans la plupart de mes rêves ? J'aurais dû le rejoindre à Hawaii, j'étais en retard – tout était ma faute. Absolument tout.

18

Je restai allongée quelques minutes. Puis un hurlement retentit au-dehors. Je me décidai à bouger. Une fois debout, j'allai écarter les rideaux.

C'était bien lui mais, cette fois, il avait enfilé un slip de bain. J'observai son plongeon, digne d'un athlète de haut niveau. « Tu ferais mieux de grandir un peu », bougonnai-je. Depuis quand étais-je devenue cette vieille ronchon ?

Je pris une douche, avant de passer mon jean de la veille, ainsi qu'un tee-shirt. Je rassemblai mes cheveux en queue de cheval. Je sortis dans l'air parfumé de ce matin d'été, pour échapper à mes cauchemars.

Au bord du lac, chaque maison, ou presque, possède son propre ponton, qu'on démonte en novembre ; on le remise pour l'hiver. On le repeint au printemps suivant, puis on le réinstalle dans l'eau.

Je me dirigeai vers le ponton de Shep, ma tasse de café à la main. Des colverts s'ébattaient, des mouettes fondaient en piqué sur le poisson qu'elles comptaient engloutir au petit déjeuner. On pêche beaucoup, dans le Wisconsin, des perches surtout, et quelques truites. C'est dans cet État que fut fondé le parti républicain, mais c'est aussi là que naquit William Proxmire, le sénateur démocrate qui eut l'idée de la « Toison d'or », une récompense qu'il comptait décerner aux organismes publics qui gaspillaient l'argent du contribuable. Bref, le Wisconsin est une terre de contrastes.

Brendan Keller nageait de ce mouvement puissant que je lui connaissais depuis la veille. Tandis que je l'observais, il changea de cap pour se diriger vers moi. Je le vis se rapprocher peu à peu, atteindre le bout du ponton et s'y hisser.

Il s'ébroua comme l'aurait fait un chien.

— Tu ferais mieux de te dépêcher de mettre un maillot et de piquer une tête, Scout. L'eau est vraiment bonne.

— Impossible, j'ai des choses à faire.

Qu'est-ce que je pouvais être mal embouchée ! Moi-même, je m'en rendis compte.

— C'est pour le boulot ?

Brendan sourit en s'essuyant avec la main, comme il l'avait déjà fait le matin précédent.

— Non, je vais aller voir Sam. Et là, j'étais en train de me dire que j'allais peut-être consacrer ma prochaine chronique au gaspillage de l'argent public. Je gambergeais, tu vois le genre.

— Tu as pris ton petit déjeuner ?

— Je me suis contentée d'un café, fis-je en soulevant ma tasse.

— Dans ce cas, on mange ensemble. Je prépare les *pancakes* à la myrtille comme personne. Et je te fais ça en deux coups de cuiller à pot. Tu peux me faire confiance.

Lui faire confiance ? J'ouvris la bouche pour répliquer, mais je la refermai aussitôt. J'étais lasse d'envoyer des vacheries. Et puis je n'avais pas la moindre envie de me disputer maintenant, pas même celle de soutenir une discussion.

Je fis donc ce qu'il me dit de faire. J'avais confiance. Va pour les *pancakes* à la myrtille.

En deux coups de cuiller à pot.

19

Qu'est-ce qui m'avait pris ? me demandais-je en suivant Brendan le long de la berge. Après tout, où était le mal ? D'ailleurs, je mourais de faim, et ses *pancakes* à la myrtille me tentaient bien.

Bien que de construction récente, la maison de Shep Martin était accueillante. La lumière pénétrait dans la cuisine au plancher de bois par de grandes fenêtres et plusieurs lucarnes. Les plans de travail en marbre étincelaient de propreté. On entendait, à la radio peut-être, un air de jazz. Quant aux *pancakes*, Brendan ne s'était pas vanté. Ils étaient moelleux à souhait, ni collants ni trop secs. Délicieux.

Mais une certaine gêne ne tarda pas à s'installer entre nous, car Brendan m'avoua qu'il avait consulté le site Internet du *Tribune* pour y relire quelques-unes de mes chroniques. Celle que j'avais consacrée à l'enlèvement d'un enfant, me dit-il, l'avait particulièrement ému. Quant à mon enquête intitulée « Préféreriez-vous vous retrouver sur une île déserte en tête à tête avec votre conjoint ou votre chat ? », elle l'avait fait rire aux larmes.

J'opinai poliment du chef sans faire plus de commentaires. Je commençais à me sentir passablement mal à l'aise. J'aurais préféré partir, mais je ne trouvais pas de sortie honorable.

Pendant que nous terminions nos *pancakes*, j'appris que Brendan était radiologue et vivait à South Bend, dans l'Indiana. Je continuais de lui répondre par monosyllabes.

Il secoua la tête, perplexe.

— En général, je n'aime pas parler de moi. Ça doit être le bon air qui me fait de l'effet. Je suis en congé sabbatique. Pendant des années, tu restes dans le noir à tirer tes clichés. Un beau jour, tu n'en peux plus, tu n'as plus qu'une idée en tête : revoir la lumière du jour.

Cette fois, j'étais vraiment restée plus longtemps que prévu. Je remerciai Brendan pour le petit déjeuner, puis regagnai la maison. Pour un peu, je me serais mise à courir.

Sur la pelouse, les chattes m'accueillirent avec de petits miaulements. Nous rentrâmes toutes les trois par une allée bordée de superbes plantes vivaces que Sam avait repiquées. Elle savait en faire, des choses. Sauf, peut-être, trouver l'homme qui aurait fait son bonheur. Quels secrets se dissimulaient encore dans les paquets d'enveloppes ?

Ma grand-mère avait réalisé une plate-bande somptueuse, regorgeant de plantes à fleurs, qui courait sur près d'une centaine de mètres, entre la rive et la route. À cette époque de l'année, elle s'épanouissait déjà dans toute sa splendeur. Les buissons de roses rouges et roses pavoisaient ; les fleurs des iris, pareilles à des merles bleus, semblaient voltiger au bout de leurs tiges.

Quelqu'un se trouvait déjà dans le jardin. Je le hélai en lui décochant un large sourire.

20

— Henry ! Ça me fait tellement plaisir de vous voir ! lui lançai-je, tandis qu'il sortait ses outils de jardinage de sa camionnette.

Il était grand et noueux, ses cheveux formaient une demi-couronne de neige autour de sa tonsure, ses yeux clairs pétillaient et, bien qu'il eût dépassé les soixante-dix ans, il demeurait étonnamment alerte.

— J'espérais bien te voir, Jennifer. Hier, à l'hôpital, je t'ai manquée de quelques minutes. Tu as une mine superbe, ma chérie.

Henry fit claquer une grosse bise sur ma joue en m'enlaçant. Ces marques d'affection me mirent du baume au cœur.

Je lui rapportai les nouvelles que j'avais glanées le matin auprès du personnel de l'hôpital – l'état de Sam n'avait pas évolué d'un pouce. Il hocha la tête. Je lus dans ses yeux une immense tristesse. Combien de fois les avais-je vus, Sam et lui, s'acharner ensemble au jardin ?

Henry Bullock, qui avait appris son métier à

Wisley, en Angleterre, était devenu le jardinier en chef de Lake Geneva. Ma grand-mère, de son côté, revendiquait farouchement son statut d'amateur. Pourtant, Henry ne cessait de vanter ses mérites. « Elle a l'œil, répétait-il. C'est une coéquipière épatante. »

— J'ai bien cru mourir, quand je l'ai trouvée étendue sur le sol de sa cuisine.

Il secoua la tête, comme pour en chasser un trop mauvais souvenir.

— C'est toi qui l'as découverte ?

J'étais surprise.

— Oui. Dommage qu'elle ne soit pas là, ce matin, pour admirer sa plate-bande.

Il s'essuya le coin de l'œil avec son mouchoir. Son chagrin raviva le mien. Je me serrai de nouveau contre lui. Nous tâchions de nous rassurer mutuellement, répétant, dans un double murmure, que Sam allait bientôt rentrer chez elle. Pour moi, Henry faisait partie de la famille.

Quelques instants plus tard, un bruit de machine nous coupa sèchement la parole. Joseph, l'un des fils du jardinier, venait de faire démarrer la tondeuse. Je saluai Henry et rentrai dans la maison.

Il n'était que 8 h 40. Il me restait un peu de temps pour lire quelques lettres avant de rendre visite à ma grand-mère.

21

Chère Jennifer,

J'ai l'intention, dans cette lettre, de disserter un peu sur les vertus des secondes chances, des troisièmes, parfois. Un jour que je donnais un coup de main à la bibliothèque municipale, un signet est tombé d'entre les pages d'un roman. Il s'agissait d'une note manuscrite. Quelqu'un avait recopié une citation attribuée à Alfred De Souza : « Pendant longtemps, j'ai pensé que la vie allait bientôt commencer. La "vraie vie" ! Mais je trouvais toujours un obstacle en chemin, une question à trancher d'abord, un ouvrage à terminer, une affaire qui exigeait encore du temps, des dettes à acquitter. Ensuite, la vie commencerait. Mais j'ai fini par comprendre que ces obstacles mêmes constituaient ma vie. »

C'est précisément ce que j'éprouvais alors, à mesure que mon existence se déroulait cahin-caha. J'avais beau faire bonne figure, au fond de moi, voilà où j'en étais.

Plus de vingt ans s'étaient écoulés depuis le jour où je m'étais juré de m'accorder bientôt une seconde chance. Je n'avais pas respecté mon serment. J'avais élevé deux merveilleuses petites filles. J'avais dû préparer à peu près dix mille fois le dîner et refait trente mille fois les mêmes lits. J'avais interprété de tout mon cœur mon double rôle de mère et d'épouse. Seulement, je m'étais résignée à mon mariage avec Charles et j'en étais venue à ne plus croire à l'éventualité d'une seconde chance.

Ces quelques lignes m'ont bouleversée.

Peut-être m'ont-elles préparée à vivre l'un des moments les plus importants de mon existence.

Je n'avais que quarante-trois ans, mais j'étais déjà mariée depuis près de vingt-six ans. Mes enfants avaient grandi. Je commençais à me dessécher, comme un insecte sur une toile d'araignée, dans l'angle d'une chambre empoussiérée où personne n'entre plus. Rends-toi compte qu'à mon âge je n'avais encore jamais aimé.

Trois semaines après avoir découvert cette note à la bibliothèque, j'ai rencontré quelqu'un. Je ne révélerai son véritable nom à personne, pas même à toi.

Je l'ai surnommé Doc.

22

Ma chère, ma très chère Jennifer,

Tu dois être sous le choc, à l'heure qu'il est, n'est-ce pas ? Alors imagine un peu dans quel état je me trouvais. Je vivais une véritable révolution !

Voici comment les choses se sont passées. Doc et moi nous connaissions depuis de nombreuses années, mais nous nous sommes rencontrés pour de bon au cours d'un interminable dîner donné au profit de la Croix-Rouge, à l'hôtel Como. Nous nous étions retrouvés assis à la même table et, à peine avons-nous commencé à bavarder que nous avons compris tous deux que nous ne pourrions plus jamais nous arrêter. Les mots me manquent pour décrire ce que je ressentais. C'est bien simple : je rayonnais. Pour la première fois depuis des lustres, j'éprouvais une émotion vraie. Le courant passait si bien entre nous que nous aurions volontiers continué à discuter jusqu'à l'aube. Nous y avons d'ailleurs songé, mais l'idée en est restée au stade de la simple plaisanterie.

Bien sûr, Charles n'a rien remarqué.

Je me souviens parfaitement de ce que Doc portait ce soir-là : un costume de lin beige sur une chemise bleu foncé, rehaussée d'une cravate faite main. Il était grand et svelte, avec des cheveux blonds semés de fils d'argent. Pour moi, c'était sans conteste l'homme le plus séduisant de l'assemblée. Au cours du dîner, il m'a parlé des étoiles, d'une comète en particulier, qui s'apprêtait à traverser notre ciel avant de disparaître pour deux siècles. Il savait des tas de choses et on le devinait doué pour l'existence, qu'il croquait à belles dents. Cela me charmait infiniment. La joie de vivre m'avait fait défaut pendant trop longtemps.

Nous nous sommes découvert de nombreux centres d'intérêt communs. Et surtout, je m'étais tout de suite sentie à l'aise en sa compagnie. Avec ça, il aimait écouter – j'allais pouvoir m'abandonner sans honte auprès de lui ; il comprendrait qui j'étais vraiment. Je venais de trouver mon port d'attache. Pour la première fois depuis vingt-cinq ans, j'étais presque redevenue moi-même. Te rends-tu compte de ce que cela représentait ? J'espère bien que non, car cela signifierait que tu as enduré les mêmes tourments que moi.

Ce surnom de « Doc » lui allait comme un gant, justement parce qu'il n'avait rien d'un docteur. Et puis ce sobriquet n'appartenait qu'à nous, il comptait parmi tous ces secrets que nous partagions tous les deux.

Nous nous sommes beaucoup vus cet été-là, d'abord au hasard des rencontres, puis au gré d'un hasard « arrangé » par nos soins. Nous nous aimions déjà, je crois, avant même d'être en mesure de l'admettre. C'est moi qui suis tombée amoureuse la première. Mais il n'a pas tardé à succomber à son tour. Quant à l'intensité de notre sentiment, elle était extrême de part et d'autre.

Je sais à quel point tu souffres d'avoir perdu Danny, et je te comprends mieux que quiconque. Hélas ! personne n'est en mesure de te dire combien de temps tu vas encore souffrir. Mais je t'en prie, ne ferme pas ton cœur à l'amour. Je sais parfaitement de quoi je parle. C'est d'ailleurs pour cette raison que je t'écris ces lettres, ma petite-fille, ma si chère petite-fille.

Non, je t'en prie, ne ferme pas ton cœur à l'amour, car il est ce que la vie nous offre de plus précieux.

Maintenant, tu vas me faire le plaisir d'interrompre ta lecture et de réfléchir à ce qui suit : si je rédige ces lignes, Jen, c'est certes pour te raconter ma vie, mais également pour qu'ensemble nous évoquions la tienne.

Deuxième partie

Amours naissantes

23

Je me coulais peu à peu dans le rythme joyeux de la vie telle qu'on sait la mener au bord du lac Geneva. Et contre toute attente, j'étais en train d'y prendre goût.

Les amis de Sam m'entouraient de leurs bons soins. Si j'en avais eu envie, j'aurais pu dîner tous les soirs chez l'un ou l'autre d'entre eux. À bien des égards, j'aurais pu me croire en vacances, à ceci près, hélas ! que Sam était souffrante, sans qu'il soit possible de dire si elle finirait par se rétablir.

C'était le début de l'après-midi. J'étais assise dans la cuisine, où j'avais branché mon ordinateur portable à la prise de téléphone pour consulter ma boîte aux lettres électronique. Elle débordait de courriers de lecteurs, dont la plupart me confaient que je leur manquais. Ils m'espéraient en bonne santé.

Les échanges que j'entretiens avec mes lecteurs me comblent. Ils comptent pour beaucoup dans l'amour que je porte à mon travail. D'ailleurs, c'est aussi grâce à eux que je conserve mon emploi puisque, si mes textes les touchent, ils continueront d'acheter le *Tribune*. Une heure plus tôt, j'avais convenu avec ma rédactrice en chef de rédiger désormais mes chroniques depuis Lake Geneva, et ce jusqu'à nouvel ordre ; sept cent cinquante mots par article, trois articles par semaine, comme d'habitude. Pourtant, tout avait changé.

Je démarrai mon logiciel de traitement de texte, brassai quelques idées... Mais continuellement mes pensées me ramenaient vers Sam. Je songeais aussi à ma mère, qui aurait dû se trouver auprès de moi, ma mère, qui n'aurait pas dû mourir. Et bien sûr, j'évoquais Danny, dont le souvenir ne me quittait pour ainsi dire jamais. Enfin, je cessai de m'appesantir sur le passé. Il le fallait.

On frappa doucement à la porte de derrière. Le bruit me tira de ma rêverie. J'allai voir. C'était Brendan Keller, que je n'avais pas croisé depuis quelques jours. Sa visite me surprenait.

— Tu viens jouer dehors ? me demanda-t-il en souriant.

24

— D'accord.

Ma réponse nous stupéfia sans doute autant l'un que l'autre. Avant de me laisser le temps de changer d'avis, je sortis de la maison. De toute façon, je n'avais pas la moindre envie d'écrire – ou plutôt, de fixer l'écran vierge d'un ordinateur.

— Un grand milk-shake au chocolat, annonça Brendan.

Je devinai aussitôt à quoi il faisait allusion.

— Daddy Maxwell, fis-je en souriant.

Situé à trois kilomètres de Knollwood Road, le *Cercle polaire de Daddy Maxwell* est un petit restaurant en forme d'igloo, décoré de stuc blanc. Il ne paie certes pas de mine, avec ses stores à rayures bleues, mais on y sert ce qui se fait de mieux en matière de cuisine bon marché. Il ne nous fallut que quelques minutes pour nous y rendre.

Rien ne semblait avoir changé depuis notre enfance, l'établissement demeurait très fréquenté. Nous choisîmes une table près d'une fenêtre. Une pétulante serveuse vint prendre notre commande, avant de disparaître en cuisine.

Moins de dix minutes plus tard, je détaillais avec horreur, par-dessus mon hamburger végétarien, l'assiette de Brendan. Il avait opté pour le plat du jour : une omelette baveuse à souhait, accompagnée d'oignons grillés et de pommes de terre sautées, et une portion de cheddar. Il avait aussi réclamé un grand milk-shake au chocolat, pour faire descendre le tout.

— Dire que tu es médecin.

— On n'a qu'une vie.

Brendan me fit un grand sourire et reprit :

— Allons, Jennifer, un peu de cran. Fais-en autant. L'omelette *et* le milk-shake.

J'éclatai de rire en piquant un morceau d'omelette fumant du bout de ma fourchette. Je l'engloutis, puis j'en engloutis un deuxième.

J'avalai une gorgée de milk-shake.

Après quoi, Brendan me commanda une omelette et un milk-shake au chocolat.

— De toute façon, tu es trop mince.

C'était la remarque la plus touchante que j'aie entendue depuis fort longtemps.

Nous fîmes traîner le déjeuner en longueur, bûmes encore du café. Je m'étonnais d'y prendre autant de plaisir. Nous dessinions, l'un pour l'autre et à grands traits, les vingt-cinq ans qui venaient de s'écouler. Je lui parlai brièvement de Danny, mais il était déjà au courant du drame. De son côté, il avait divorcé un an et demi plus tôt – son épouse l'avait trompé avec l'un de ses collègues du cabinet d'avocats dont elle était membre.

— Remarque, un collègue de travail, ça paraît logique : c'était une dingue de boulot. *C'est* toujours.

Je hochai la tête. J'éprouvais brusquement un terrible sentiment de culpabilité. Danny, lui aussi, trouvait que j'étais une « dingue de boulot ». Et il avait raison. Une soudaine tristesse m'envahit. Brendan, qui s'en aperçut, m'effleura la main. Je le rassurai d'un mot, mais retirai ma main par réflexe. Tout n'allait sans doute pas si bien que cela.

— Il faut que je rentre.

— Pas de problème. Allons-y.

Une fois dans la voiture, j'expliquai à Brendan que j'avais de nouveaux délais à respecter ; j'allais sans doute travailler une bonne partie de la nuit.

— Pigé, me fit-il en souriant. Je te ramène et je me casse.

— Mais non, voyons, ce n'est pas ça. Enfin… si.

Il éclata de rire.

Nous nous dîmes au revoir sur le parking attenant à la maison de Sam. Je m'élançai aussitôt pour un jogging de vingt minutes dans les rues qui serpentent Knollwood. Je pesais cinquante-neuf kilos depuis l'université. Il n'était pas question que je prenne un gramme. Tant pis si Brendan me trouvait trop mince.

Je songeai fugitivement à lui tandis que je courais. C'était un garçon plein d'humour. Et très intelligent. Il savait en outre m'écouter quand je parlais. La plupart des hommes en sont incapables. Mais il devait bien avoir sa part d'ombre, lui aussi, dissimuler son lot de problèmes et de secrets. Qu'était-il vraiment venu faire au bord du lac ? Il avait beaucoup trop de charme pour se retrouver ici tout seul.

Une fois rentrée, je pris une douche. Je laissai l'eau chaude ruisseler longtemps sur mon crâne, dans lequel bouillonnaient mille et une idées. Puis je passai un short et un débardeur, préparai du thé glacé et sortis sur la véranda avec un paquet de lettres.

Je m'assis en tailleur sur les lattes de bois, dans une flaque de soleil. J'ouvris une nouvelle enveloppe.

25

Chère Jen,

Lorsque tu n'étais encore qu'une petite fille, tu pleurais tous les ans lorsque s'achevait l'été. Immanquablement. Jusqu'à ce qu'un jour je trouve comment tout arranger.

Le dernier jour de l'été, je t'ai remis cette année-là un petit seau et t'ai envoyée sur le rivage, afin, t'ai-je dit, que tu « emportes la plage » avec toi à Madison.

Je savais déjà que tu ne manquerais pas de ramasser ces pierres polies, noires et grises, ces pierres grosses comme le poing que tu avais découvertes en marchant pieds nus au bord de l'eau. Il y avait aussi les galets aux tons pâlis qui constellaient la berge. Il ne fallait pas oublier non plus le sable ni l'eau claire et froide du lac Geneva. Tu as donc entrepris de faire entrer l'été entier dans ton petit seau. Je t'ai regardée faire. C'était passionnant.

Tu t'es échinée pendant toute une matinée de la fin du mois d'août. Tu as fini par comprendre que pour en mettre le plus possible il te fallait d'abord déposer au fond du seau les plus grosses pierres. Après quoi, les petits galets et les coquillages se glissaient dans les interstices.

Une fois que le seau t'a paru bien plein, tu as ajouté quelques poignées de sable.

Enfin, tu l'as plongé dans le lac pour recueillir un peu d'eau. Tu étais une petite fille si intelligente !

La vie, Jennifer, on ne la remplit pas autrement. L'essentiel est de parvenir à en faire tenir ensemble tous les éléments et de se consacrer d'abord à ce qui compte le plus – à ces grosses pierres que tu avais entassées au fond de ton seau. Il faut toujours privilégier les gens et les choses auxquels on tient le plus. L'accessoire trouvera, de lui-même, sa place dans les interstices.

Si on ne respecte pas cette règle, on court le risque de passer à côté de ce que l'existence nous réservait de plus beau.

C'est ainsi qu'au fil des ans mes priorités ont changé du tout au tout. Autrefois, rien ne m'importait davantage que le bonheur des autres ; celui de ton grand-père, celui de ma belle-mère, pour n'en citer que deux. Et puis j'assistais à des dîners, je briquais la maison à n'en plus pouvoir.

Aujourd'hui, c'est à moi que je pense. À ceux que j'aime. À ma santé. Je tâche de vivre pleinement chaque jour qui passe. Le comédien Danny Kaye aimait à dire que « la vie est comme la toile vierge d'un immense tableau. Il faut y mettre autant de couleurs qu'on peut». Je lui donne mille fois raison. Mieux : je m'efforce désormais de suivre ce précepte, dans la mesure du possible.

Presque tous les jours, je m'éveille à l'aube pour voir le soleil se lever. J'enferme des fleurs en bouton dans de petites bouteilles que je dispose ici et là dans la maison pour les voir s'épanouir partout. Aux geais, je distribue des cacahuètes sans les éplucher, car ils aiment qu'on leur apporte leur nourriture dans un paquet cadeau. Je ne me lasse pas d'observer leur manège ; il faut les voir s'escrimer à en enfourner plusieurs en même temps dans leur bec. Je lis beaucoup, y compris des livres difficiles, et lorsque je ne parviens pas à m'endormir, je jette quelques bûches dans la cheminée, puis je m'installe devant la télévision pour regarder un feuilleton policier.

Tous les mois, je prépare aussi un grand saladier de pâtes à la sauce tomate avant d'appeler ceux de mes amis qui vivent seuls pour les inviter chez moi. Nous dînons à la bonne franquette. Tous ensemble, nous rions de bon cœur autour d'un petit plat qui leur fait un moment oublier leur solitude. Et puis au moins, je sais qu'ils ne m'étrilleront pas sur le chemin du retour !

Peut-être te poses-tu la question. Alors oui, Doc participe à mes repas mensuels. Seulement, tout le monde ignore qui il est vraiment.

26

Chère Jen,

Attends un peu, tu vas rire.

Figure-toi qu'en rentrant tout à l'heure d'une course en ville je me suis aperçue que le bas de ma jupe s'était pris dans la ceinture de mes collants. Je suis donc passée à l'épicerie, puis à la quincaillerie ; j'ai fait un saut chez Daddy Maxwell – je me suis baladée toute la journée dans cette tenue ! Et personne ne m'a rien dit. Qu'est-ce que ça a pu m'amuser ! Et si on est capable de rire au souvenir de tel ou tel événement, pourquoi ne pas en rire tout de suite ? Vois-tu, Jennifer, cette pensée m'est très chère, même s'il m'a fallu du temps pour m'en pénétrer.

Les choses ne s'avèrent presque jamais aussi épouvantables qu'elles en ont l'air de prime abord. Allons, jeune fille, on se déride ! car tes chroniques pour le Chicago Tribune *ont beau être pleines d'humour, il me semble que ta vie manque cruellement de fous rires. J'ai lu que le rire libérait dans notre cerveau des substances chimiques aux effets bienfaisants. Alors n'hésite plus : tu te sentiras mieux et le traitement est gratuit !*

27

La lettre de Sam me fit rire, en effet. Mais soudain, les larmes se mirent à rouler sur mes joues. Elle me manquait terriblement, c'en était presque insupportable. Mes deux visites quotidiennes à l'hôpital ne me suffisaient plus. À mesure que je découvrais les lettres qu'elle m'avait laissées, je brûlais d'entendre sa voix, ne serait-ce qu'une dernière fois. Je voulais à tout prix lui parler de certaines choses.

Qui était Doc, par exemple ? Est-ce que je le connaissais ? Vivait-il toujours et, si oui, venait-il la voir à l'hôpital ? L'avais-je déjà croisé là-bas ?

Je me souvenais parfaitement du seau et de mes efforts pour y faire tenir le lac Geneva tout entier, mais l'importance que Sam semblait accorder à l'épisode m'amusait et m'attendrissait la fois.

J'allai faire quelques pas au bord de l'eau. Du bout de l'orteil, je soulevai un splendide caillou noir plein d'aspérités. Je le rapportai pour le poser sur la pile de courrier qui s'accumulait sur la table de salon.

Je retournai à mon ordinateur, qui m'attendait en bourdonnant paisiblement. C'est que j'avais un travail à remettre bientôt.

Je mis d'abord à la corbeille la chronique entamée le matin. Je tenais une autre idée, mais j'eus beaucoup de mal à la coucher sur le papier.

Enfin, j'écrivis :

> J'ai vu ma grand-mère pour la dernière fois au terme d'un merveilleux week-end que nous venions de passer ensemble, chez elle, à Lake Geneva.
>
> Sam paraissait en excellente santé, elle respirait la joie de vivre ; pourtant, lorsqu'elle m'a serrée dans ses bras, j'ai eu le sentiment que quelque chose la chagrinait – peut-être ne savait-elle pas comment s'en ouvrir à moi. Toujours est-il que je me suis gardée d'évoquer quoi que ce soit.
>
> Je suis montée dans ma voiture et, en guise de dernier adieu, j'ai klaxonné au bout de son allée. Comment aurais-je pu soupçonner que quelques jours plus tard ma grand-mère se trouverait à l'hôpital, dans le coma, sans que personne soit en mesure de me dire si elle pourrait un jour me parler de nouveau ?

La nuit parut tandis que je peaufinais mon texte. J'étais toujours en plein travail à 1 heure du matin, écrivant, récrivant au sujet de l'immense cadeau que Sam m'avait fait en m'adressant ces lettres. Combien étaient-ils, parmi mes lecteurs, à s'être vu offrir un jour une telle chance ? Combien d'entre nous connaissent-ils vraiment l'histoire de leurs parents, celle de leurs grands-parents ? Et combien sommes-nous à raconter notre vie à nos propres enfants ? Pourtant, quelle perte irréparable lorsque rien n'est dit. Car notre existence se résume au récit qu'on en fait.

À mesure que je rédigeais ma chronique, il me semblait tirer sur le fil d'une pensée, qui se déroulait sans heurts jusqu'à son terme. À ce rythme, je ne tardai pas à dépasser largement les sept cent cinquante mots auxquels j'avais droit. Il me fallut trancher dans le vif, récrire, réduire encore.

À la fin de mon article, j'invitai mes lecteurs à me livrer à leur tour des anecdotes concernant leurs proches. Je savourais à l'avance le courrier que j'allais recevoir, les récits que j'aurais le privilège de lire, les secrets de famille que les expéditeurs me feraient l'honneur de partager avec eux.

À 2 heures du matin, je cliquai sur le bouton « Envoyer ». Une fraction de seconde plus tard, ma chronique atterrissait dans la boîte aux lettres électronique de Debbie, au siège du *Tribune*.

J'allai me coucher. Le visage enfoui dans l'oreiller, je me mis à pleurer. Pourtant, je n'étais pas triste. Au contraire. J'étais submergée par l'émotion d'avoir, au cours de ces quelques heures, éprouvé des sentiments si forts et, dans le même temps, d'avoir eu les mots pour les dire.

Notre existence se résume au récit qu'on en fait.

28

Je me réveillai d'excellente humeur, heureuse pour ainsi dire. Mon travail terminé, je m'accordais une journée de repos. J'étais ravie.

Mon maillot de bain bleu dormait encore au fond de mon sac, à l'endroit où je l'avais déposé avant de quitter Chicago. Je l'enfilai, avant de bâcler deux ou trois petites choses dans la maison. Je me surpris ensuite à aller chercher Brendan.

La maison de son oncle scintillait de toutes ses vitres dans le soleil matinal. On voyait, plus loin, miroiter les eaux paisibles du lac.

Je frappai à la porte de la cuisine. En vain. Je me résolus à coller mon nez contre un carreau, les mains en coupe, pour lorgner à l'intérieur.

Au fond, j'étais un peu déçue de ne pas trouver Brendan. C'est moi, cette fois, qui avais envie d'aller jouer dehors.

Je le découvris par la fenêtre du salon. Lorsque je regardai plus attentivement, je fus interloquée. Brendan se tenait à genoux sur le tapis, les mains jointes devant lui.

Il priait.

29

Je me sentis tellement embarrassée que je fis aussitôt demi-tour et traversai la pelouse. Je ne voulais pas que quiconque s'aperçoive de ma présence. Mais la porte de la cuisine s'ouvrit en grinçant, puis se referma dans mon dos. Je me retournai. Brendan approchait.

— Salut, Jen. Il me semblait bien que j'avais entendu frapper. Tu viens nager ?

J'acquiesçai timidement.

Il me lança le plus beau des sourires. Je le trouvais d'autant plus irrésistible qu'il était parfaitement naturel. Puis il se mit à vociférer. Il était question, pêle-mêle, d'un défi loufoque et d'œufs pourris. Sur quoi il se rua vers le lac.

Je réagis d'instinct – je m'élançai à ses trousses. Au-delà du gazon, je m'engageai sur le ponton blanc. Parvenue à son extrémité, je me jetai à l'eau sans plus réfléchir.

Dès que j'eus regagné la surface, je me mis à nager à la poursuite de Brendan, qui se dirigeait vers une bouée située à une cinquantaine de mètres devant lui. Je voulais gagner à tout prix. Mais Brendan était un excellent nageur. Il me battit à plate couture.

Il était radieux.

— Alors c'est qui, l'œuf pourri ? Espèce d'œuf pourri !

Nous nous tenions agrippés à la bouée qui dansait sur l'eau, prise dans le sillage d'un bateau qui passait à toute allure dans un vacarme assourdissant. Je lorgnais Brendan à travers mes cils mouillés. Je nage plutôt bien, mais la cigarette devait jouer sur mes performances. Et puis, le style de Brendan avait de quoi impressionner.

— Tu aurais pu me laisser gagner, lui dis-je. Au moins ralentir un peu.

Il haussa les épaules.

— On accorde bien trop d'importance à l'esprit de compétition, dans ce pays. On a bien nagé, c'est ça qui compte.

— Tu as raison. Les matins au bord du lac, par contre, on a tendance à les sous-estimer.

La température de l'eau était idéale, le soleil réchauffait mon visage et mes épaules.

— Je commence à me rappeler qui tu étais vraiment, Scout. Une gamine prétentieuse, totalement imbue d'elle-même.

Je n'en croyais pas mes oreilles. J'avais dû, à l'époque, lui en faire voir de toutes les couleurs.

— Et je n'ai pas changé ! m'exclamai-je en lui lançant de l'eau à la figure. Je crois que je viens d'avoir une idée.

Brendan parut un instant déconcerté.

— Pour ta prochaine chronique ?

30

— Ça te dirait, d'aller faire du voilier ?

— Toi, tu veux faire du voilier ? Mais je croyais que tu croulais sous le travail ?

— Pour tout te dire, je viens de boucler l'un de mes meilleurs textes.

— Alors, champagne !

— Chaque chose en son temps.

Peu à peu, je découvrais l'homme que Brendan était devenu : un garçon intéressant et plein d'humour, pas prétentieux pour deux sous. Qui plus est, il m'incitait à parler de Sam aussi souvent que j'en éprouvais le besoin et il m'entourait de mille attentions. C'est lui, par exemple, qui confectionna ce jour-là les sandwichs, en vue de notre sortie impromptue. Il m'apporta aussi une casquette à longue visière pour m'éviter les coups de soleil – qu'il était adorable !

De toute évidence, les années que Brendan avait passées dans l'Indiana, loin du moindre plan d'eau, n'avaient pas écorné ses qualités de marin. Il gréa le bateau de son oncle en dix minutes et parvint à s'éloigner du ponton dès la première tentative.

Je sais, pour avoir jadis sillonné le lac tous les étés sur le voilier de mon grand-père, que ce type d'embarcation est aussi rapide qu'instable. Brendan manœuvrait la grand-voile. De mon côté, je glissai la dérive dans le puits avant de me charger du foc. Nos mouvements s'accordaient comme si nous avions navigué ensemble depuis des lustres.

C'était une journée splendide, idéale pour jouer les plaisanciers. Une brise rafraîchissante soufflait sous un soleil voilé. Il faisait tiède.

Brendan évoqua les belles demeures chargées d'histoire qui se dressaient le long du rivage. Il ne les avait pas vues depuis si longtemps, m'avoua-t-il, qu'il lui semblait les découvrir pour la première fois. Le charme de ces instants fut brusquement rompu par le rugissement d'un jet-ski. Deux adolescents se mirent à dessiner des cercles autour de nous, le voilier s'emplit d'eau. Je me précipitai sur la drisse de foc, pendant que Brendan faisait tout pour sauver la situation – il était déjà trop tard.

Le bateau chavira. Nous fûmes précipités dans le lac.

— Tout va bien ? entendis-je à l'instant où je crevai la surface.

— Oui, et toi ?

— Tout va bien. Ne t'en fais pas, j'ai relevé leur plaque !

Je ris de bon cœur. Brendan redressa notre embarcation et m'aida à grimper à bord. Bientôt, nous naviguions de nouveau. Tout allait bien, si ce n'est que nous étions trempés. Le reste de l'après-midi passa comme un songe. Nous virâmes pour gagner la passe des Narrows, nous croisâmes au large du Country Club de Lake Geneva et du Black Point, un cottage de treize chambres aux allures excentriques bâti à la fin du XIXe siècle. Puis nous mîmes le cap sur Knollwood Road, le visage engourdi par le soleil et le vent – nous allions nous changer.

Brendan m'avait invitée à dîner au restaurant.

J'avais dit oui.

31

La tenue idéale, je le savais, pendait dans l'obscurité de mon placard : une robe noire toute simple qui saurait mettre en valeur ma peau dorée par le soleil. J'optai pour un maquillage discret. Cela n'a rien d'un rendez-vous galant, me répétais-je devant la glace. Nous ne sommes que deux vieux amis d'enfance.

Brendan, en arrivant, s'extasia devant ma toilette.

Je lui retournai le compliment. Pieds nus dans des mocassins, le teint hâlé, il portait un jean impeccable et un pull-over en cachemire.

— Je joue au plaisancier, me fit-il avec un clin d'œil.

— Tu es superbe.

— Ce sont les mocassins, me taquina-t-il.

Nous dînâmes aux chandelles sur les quais, à la terrasse du *French Country Inn*. En contrebas, l'eau du lac venait battre contre les pilotis. Nous dégustâmes du magret de canard braisé, accompagné de riz sauvage, en tâchant de combler les lacunes qui demeuraient dans nos passés respectifs. Brendan évoqua brièvement sa famille, avant de s'enquérir de la mienne. Je lui appris que j'avais perdu à la fois mon père et ma mère. Il ne me restait que Sam.

— Je suis désolé pour tes parents. Et pour tous les malheurs que tu as endurés.

— Je fais face. Et puis, ce qui compte, ce soir, c'est qu'on se soit retrouvés.

Au café, nous devisions de sujets plus légers, riant de bon cœur et plaisantant beaucoup. Il régnait entre nous une surprenante harmonie. Je m'étais attendue à des blancs dans la conversation. Il n'en était rien. Les rares silences qui ponctuaient nos échanges ne tenaient qu'à ma réserve excessive.

Au retour, je fus bien obligée d'admettre qu'il s'était bel et bien agi d'un rendez-vous galant. Et le meilleur depuis longtemps.

32

Nous n'avions rien calculé, mais le fait est que Brendan et moi venions de passer ensemble presque toute la journée. À l'instant de nous séparer devant ma porte, un certain malaise s'installa entre nous. Nous nous tenions si près l'un de l'autre que je sentais le parfum de son eau de Cologne. Il fallait, me dis-je, mettre un terme à cette folie. Il le fallait, pour tous les deux.

À cette pensée, je demeurai un instant le souffle court. Puis je m'efforçai de nous tirer d'un rêve que je me savais incapable de poursuivre. Je reculai.

— Je te proposerais bien d'entrer prendre un café, mais je crois que je ferais mieux de commencer ma prochaine chronique. Je dois la rendre demain.

— Je vois.

Sur quoi Brendan s'assit sur les marches. Manifestement, il ne comptait pas rentrer chez lui.

— Viens nager avec moi, ou alors restons assis là à bavarder encore un peu. Tout ce que tu voudras. Mais oublie le boulot pour ce soir. Allez, Jenny, on se déride.

Il m'avait appelée « Jenny ». Il avait employé l'expression « on se déride ». Ces mots me firent un peu mal. Je fus surtout frappée des similitudes entre ce qu'il venait de me dire et les conseils que Sam m'avait prodigués dans l'une de ses lettres.

— Entendu. Mais ne m'appelle plus jamais « Jenny ». Danny m'appelait ainsi.

— Pardon. Raconte-moi, Scout. Tu m'as à peine parlé de lui.

— Un jour, je te raconterai. Peut-être. Mais pas ce soir. Je te parlerai de Danny quand je m'en sentirai capable.

Il paraissait déconcerté, tourmenté même. Je m'assis sur les marches à côté de lui.

— Que se passe-t-il ?

— Rien. J'avais juste envie d'annoncer à quelqu'un que je laissais tomber mon boulot, fit Brendan en se pinçant la lèvre inférieure. J'arrête aujourd'hui.

J'eus un léger hochement de tête.

— Tu démissionnes ? Mais pourquoi ? Que se passe-t-il ?

— Rien de grave. Je suis le nez sur mes radios

depuis trop longtemps. J'ai fini par me dire que je ferais mieux de revoir mes priorités.

Il me lança un regard qui fit mouche. Je détournai involontairement les yeux. Le clair de lune dispensait sa pâle lueur à la surface du lac. Des chœurs de grenouilles et de grillons se répondaient dans les buissons. Nous nous tenions assis tout près l'un de l'autre. Trop près.

— Il faut vraiment que je rentre, affirmai-je en me mettant debout. Merci pour cette journée. On s'est bien amusés.

Brendan se leva à ma suite. Il était costaud. Et très beau garçon. Il se pencha pour m'embrasser sur le front, un geste qui me surprit autant qu'il me charma. Puis il m'offrit un irrésistible sourire.

— Bonne nuit, Jennifer. J'ai passé une excellente journée, moi aussi.

Peu de temps après, j'étais dans mon lit, ce lit dans lequel j'avais dormi des années durant. Une tasse de thé à la menthe reposait sur la table de nuit. Je fixais le plafond. De drôles de pensées, des raisonnements contradictoires se bousculaient dans ma tête. Je songeais que Brendan et moi venions de passer une délicieuse soirée et que nous allions en rester là. Mais pourquoi donc ? Parce que.

J'ouvris une autre lettre.

33

Jennifer,

Les premiers temps, il ne se passa rien entre Doc et moi, rien qui mérite d'être rapporté dans ces lettres. Tout juste quelques frôlements, et pas le moindre regard insistant en public. Nous vivions une situation délicate. Certes, sa femme était décédée depuis quelques années, mais moi, je restais bel et bien mariée. Et puis, j'avais des enfants, même si mes deux filles étaient grandes, à présent. Doc était père, et ses enfants vivaient encore auprès de lui. Au cours de ce premier été a pourtant eu lieu un événement capital pour nous.

Un soir que ton grand-père dînait avec des amis à Medinah, non loin de Chicago, après leur partie de golf (c'était, du moins, ce que Charles avait prétendu), Doc m'a emmenée à l'observatoire de Yerkes. Il en avait obtenu l'accès en faisant jouer quelques-unes de ses relations. À l'époque, l'observatoire n'accueillait pas de touristes. Le soir, les lieux étaient déserts.

Nous avons traversé furtivement les pelouses pour gagner, main dans la main, les bâtiments. Les trois dômes gigantesques se découpaient contre le ciel, au cœur de cette superbe nuit d'été. Nous avons grimpé le grand escalier, puis pénétré dans le hall de marbre le plus somptueux qu'il m'ait été donné de contempler.

Doc a allumé sa lampe de poche. Nous avons suivi son faisceau le long de l'escalier de service, jusqu'à la porte qui donnait à l'intérieur du plus vaste des trois dômes. La pièce était immense, on aurait pu y loger un stade entier. En son centre, un télescope était pointé, à travers une fente pratiquée dans la coupole, sur le ciel de cobalt qu'on distinguait au loin.

— Attends un peu, Samantha, tu ne vas pas en revenir. Prête ?

— Je crois.

Il a actionné un levier. Le plancher, sous nos pieds, s'est mis à monter. Nous pouvions maintenant regarder dans l'oculaire du télescope.

C'était un vendredi. En ce début de week-end, je savais que Charles ne tarderait pas à revenir de Chicago. Qu'importe. Doc et moi sommes restés plus d'une heure dans l'observatoire. Les étoiles nous offraient un éblouissant spectacle. L'univers, aurait-on dit, donnait une représentation privée pour nous seuls. Doc m'a expliqué que les événements célestes dont nous étions témoins ce soir-là s'étaient produits plusieurs siècles plus tôt. Puis il m'a avoué que, depuis des semaines, il espérait en secret se retrouver en tête à tête avec moi.

— J'en avais aussi envie que toi.

Envie, c'était peu dire. J'avais prié pour qu'arrive ce moment, j'en avais rêvé presque chaque jour depuis le dîner de la Croix-Rouge.

Nous nous sommes embrassés sous le regard des milliards d'étoiles qui scintillaient là-haut. Puis nous avons recommencé. Un deuxième baiser plus long, plus intense. Nous étions en train de tomber amoureux. Hélas ! nous demeurions séparés par mon mariage, nos deux familles, ses enfants surtout, puisqu'ils habitaient encore chez leur père.

Il m'a raccompagnée au coin de Knollwood Road – sans m'embrasser lorsque je suis sortie de voiture. Comme j'aurais aimé qu'il le fasse, pourtant. Lorsque je suis rentrée, Charles était déjà couché, il dormait. J'aurais préféré ne pas avoir à m'inventer d'excuse mais, au fond, j'avais tort de m'en soucier.

Je me suis déshabillée en prenant tout mon temps. Une fois allongée à mon tour, j'ai examiné le visage de ton grand-père. J'étais surprise de constater que je n'éprouvais pas le moindre remords. En revanche, une drôle d'idée a germé dans mon esprit : Charles allait-il remarquer à quel point j'avais changé, le lendemain matin au réveil ? Allait-il remarquer que, pendant son sommeil, j'étais devenue une femme heureuse ?

34

J'étais encore couchée lorsque je décrochai le téléphone, qui venait de sonner. Il était à peine 6 h 30 du matin. Je fus passablement surprise de reconnaître la voix de Brendan, à l'autre bout du fil.

— On se réveille, Jennifer. Le lac t'appelle.

Un sourire éclaira mon visage et, sans très bien savoir ce que je faisais, j'enfilai mon maillot sans plus attendre. J'étais gaie comme un pinson et cela me faisait un bien fou. Je me sentais libre.

Je rejoignis Brendan pour une séance de jogging qui ne tarda pas à se muer en course folle vers le lac. Nous nous précipitâmes en poussant tous deux les hurlements terribles que j'avais entendus le premier matin ; je les trouvais maintenant tout à fait sensés. Aux petites heures du jour, l'eau était glacée.

— Il n'est même pas 7 heures ! lançai-je en grelottant.

Engourdie par le froid, j'enchaînais les brasses rapides à côté de Brendan.

— L'heure idéale pour aller nager ! J'ai une nouvelle devise : « Vis pleinement chaque jour, depuis l'aurore jusqu'à ne plus pouvoir garder un œil ouvert. »

Je ne trouvais rien à redire à une telle philosophie, d'autant plus qu'il avait l'enthousiasme contagieux. Nous nageâmes jusqu'au ponton, sur lequel nous nous hissâmes. Brendan s'ébroua et s'allongea sur le dos. J'en fis autant. Couchés l'un près de l'autre, nous fixions le ciel matinal. L'instant était parfait.

— Ça me ramène des années en arrière, dis-je.

— Moi, ça me pousserait plutôt de l'avant.

De l'épaule à la cheville, mon côté droit effleurait son flanc gauche. Je frissonnais au contact de sa peau contre la mienne, mais je ne bougeai pas.

Lorsqu'il se tourna vers moi, j'évitai son regard. Alors il posa la main sur ma hanche et m'attira plus près de lui. Je sentis mon corps brusquement envahi par une onde de chaleur.

Puis, posant ses lèvres sur les miennes, il me donna un long et savoureux baiser.

Je l'embrassai à mon tour.

Nous ne disions pas un mot, et c'était bien ainsi.

35

À partir de ce matin-là, Brendan et moi passâmes de plus en plus de temps ensemble. Je savais pertinemment à quoi m'en tenir – c'était une agréable passade, un amour de vacances, cela ne durerait pas. Il en était pareillement convaincu. D'ailleurs, nous n'avions encore « rien fait », comme on dit.

La journée débutait en général par une séance de natation ; puis nous préparions le petit déjeuner à tour de rôle. Shep, l'oncle de Brendan, se joignait quelquefois au rituel. Avant midi, nous rendions visite à Sam ; je retournais seule à l'hôpital en fin d'après-midi, vers 19 heures. Je continuais de parler à ma grand-mère, parfois pendant plusieurs heures. Je lui racontais mes journées et lui posais des questions au sujet de ses lettres.

Un jour, Brendan s'entretint avec Max Weisberg, le médecin qui s'occupait de Sam. Je patientai dans le hall. Lorsqu'il me rejoignit, j'eus le temps d'entrevoir sa mine sombre, même si, dès qu'il m'aperçut, il changea d'expression.

Je m'étais pourtant attendue à de bonnes nouvelles. Peut-être cela tenait-il aux lettres. En pensée, je me représentais si distinctement ma grand-mère, j'entendais si bien le son de sa voix qu'à mon sens elle ne pouvait que se rétablir. D'ailleurs, il le fallait. Pourtant non, me dis-je, elle n'allait pas se rétablir. Je le lisais dans leurs yeux. C'était juste qu'ils ne voulaient rien me dire.

— C'est une femme solide, m'affirma Brendan en posant la main sur mon bras. Elle s'accroche. Tu n'y es sans doute pas pour rien.

Après notre départ de l'hôpital, il essaya de me distraire. Il savait se montrer attentif à mes besoins. C'était aussi un excellent médecin, j'en étais persuadée. Pourquoi diable avait-il démissionné ?

— Ça te dirait, une balade en voiture ? Ça pourrait être sympa.

J'acceptai. Au son des standards de rock et de jazz qui jaillissaient de l'autoradio, nous empruntâmes la route qui contourne Chicago. Juste avant midi, nous atteignîmes South Bend, dans l'Indiana.

Brendan allait, dit-il en me lançant un clin d'œil, me « faire la totale ». L'un de ses amis, qui entraînait l'équipe de football américain de l'université Notre-Dame, nous avait conviés à un entraînement des Fighting Irish. Nous nous assîmes en tailleur dans l'herbe rase pour observer les colosses. À la télévision, le football américain me laissait indifférente. Sur le terrain, c'était une autre histoire. Je me sentais impressionnée par la vitesse des déplacements, de même que par le bruit des casques et des épaulettes s'entrechoquant à chaque offensive.

Contre toute attente, je passais un excellent après-midi. Sans doute, en partie, parce que les « Bleu et Or » étaient l'équipe de Brendan. Je me réjouissais aussi à l'idée de découvrir les lieux où il avait vécu. Il s'arrêta pourtant tout net avant de me montrer son ancienne maison et l'appartement dans lequel il s'était installé après son divorce.

— Les lieux du naufrage, je préfère ne pas te les dévoiler ; je me sentirais trop mal à l'aise.

Sur quoi nous regagnâmes Lake Geneva. Ce revirement me paraissait un peu étrange.

Le lendemain, je lui fis la surprise de l'emmener à l'observatoire de Yerkes. Les similitudes que je devinais entre notre histoire et celle de Sam et Doc me poussaient à m'y rendre. Mais il faisait grand jour et la file d'attente s'étirait tout autour du dôme principal. Qu'à cela ne tienne, la magie des lieux continuait d'opérer.

Au cours de la visite, je ne cessai de songer à

l'importance que cet endroit avait revêtue pour Sam et Doc. Mais qui était ce Doc ? La prochaine fois que j'irais voir Sam, il faudrait bien qu'elle me livre son secret.

Une autre fois, j'organisai une excursion à bord du bateau postal, un bac à double pont qui assure la distribution du courrier pour les habitants du bord du lac. Le même jour, nous nous assîmes dans un petit cinéma de la ville et vîmes deux films à succès un peu bêtas. Et chaque soir, à mon retour de l'hôpital, nous faisions une longue promenade sur le rivage.

Ma relation avec Brendan avait vraiment tout d'une amourette de vacances – c'était grisant et peut-être un peu stupide en même temps mais nous étions sur la même longueur d'onde. J'avais même l'impression que Brendan faisait tout pour que les choses ne prennent pas un tour plus sérieux.

J'abordai la question sur le bateau postal.

Il se contenta de rire.

— On lit en moi comme dans un livre ouvert, Scout. Tandis que toi, tu es une vraie femme mystère.

Et puis, un beau jour, je ne remis pas à temps ma chronique ! C'était la première fois. Je m'excusai auprès de Debbie en lui promettant de me rattraper mais, dans le fond, je jubilais. Les choses étaient en train de changer. Peut-être vivais-je enfin chaque jour « depuis l'aurore jusqu'à ne plus pouvoir garder un œil ouvert ».

Ce matin-là, à l'hôpital, je racontai tout à Sam. Même si elle n'était pas en mesure de me répondre, je devinai ce qu'elle voulait que je fasse par la suite. C'est d'ailleurs ainsi qu'elle-même aurait procédé à ma place.

36

C'était la fin de l'après-midi. Les pieds dans l'eau, Brendan et moi nous tenions assis à l'extrémité du ponton.

L'heure était venue de lui dévoiler quelques-uns de mes secrets. J'y tenais beaucoup. Et je me sentais prête à le faire.

— C'est arrivé sur une plage de l'île d'Oahu, commençai-je à voix basse. Danny préférait les grandes villes. Si ça n'avait tenu qu'à lui, nous serions partis en vacances à Paris ou à Londres. C'est moi qui ai insisté pour que nous allions à Hawaii.

Je poussai un gros soupir.

— Je me suis retrouvée embarquée, à la dernière minute, dans une horrible histoire d'enlèvement pour le journal. Danny est parti sans moi. Je me suis envolée pour le rejoindre quelques jours plus tard, en fin d'après-midi. Au même moment, il partait faire un tour – seul, évidemment.

Les mots avaient du mal à venir. Brendan ne me lâchait pas des yeux.

— Tu n'es pas obligée, Jennifer.

— Si, il faut que ça sorte. Je tiens à tout te raconter. Je ne veux plus jouer la femme mystère.

Il hocha la tête et prit ma main. Je m'étonnais moi-même de la confiance que je lui accordais, au bout de quelques petites semaines. Il était devenu mon ami, et beaucoup plus que cela en un sens.

— Une belle soirée commençait à Kahuku, dans le nord de l'île. J'ai lu tous les bulletins météo. Danny a ôté son tee-shirt, avant de s'élancer dans les vagues. La mer était forte, mais c'était un athlète, il nageait comme un poisson. Et puis, il adorait se dépasser. Il aurait d'ailleurs aimé que j'en fasse autant. Il me taquinait sans arrêt avec ça.

Je sentis les larmes glisser le long de mes joues. Pourtant, je ne voulais pas pleurer. Pas devant Brendan.

— C'était vraiment quelqu'un de bien… et il lui restait tellement de choses à accomplir.

Ma voix était près de se briser. Allais-je parvenir à achever mon récit ?

— Je l'aimais tellement… Je me représente parfaitement ce qui s'est passé à Hawaii, minute par minute. Je fais sans arrêt le même affreux cauchemar. Ça fait un an et demi que je regarde Danny mourir. Il m'appelle au secours. Dans un dernier souffle, il prononce mon nom.

Je m'interrompis pour tâcher de me reprendre. Je m'aperçus que je serrais la main de Brendan de toutes mes forces.

— Tout est ma faute. Si j'étais partie pour Hawaii avec lui, Danny serait toujours là.

Brendan me prit la main.

— Ça va aller, murmura-t-il.

— Ce n'est pas tout, repris-je d'une voix si basse que je m'entendais à peine. Je suis rentrée à Chicago. Je pleurais sans arrêt en repensant à ce qui venait de se passer. À tel point que Sam est venue s'installer là-bas pour prendre soin de moi. Et elle a été parfaite.

Je me tus un moment. Mais il fallait que j'aille jusqu'au bout.

— J'étais dans la salle de bains. J'ai soudain éprouvé une douleur épouvantable. Je me suis mise à hurler. Sam s'est précipitée. Elle m'a retrouvée par terre, pliée en deux. Elle a tout de suite compris que je venais de faire une fausse couche. Elle m'a aidée à me relever et nous avons éclaté en sanglots toutes les deux. J'avais perdu notre bébé, Brendan. J'étais enceinte et j'ai perdu notre bébé. J'ai perdu notre « petit bout de chou ».

37

Brendan me tint longtemps serrée entre ses bras. Vers 20 h 30, je pris la route de l'hôpital pour aller souhaiter à Sam une bonne nuit. Il me proposa de m'accompagner, mais je lui assurai que tout allait bien. J'apportai à ma grand-mère un bouquet de roses de son jardin.

— Réveille-toi, Sam. Regarde. Il faut que tu voies tes fleurs. Et j'ai quelque chose à te dire.

Elle n'eut pas la moindre réaction. Elle ne m'entendait même pas. J'arrangeai les fleurs dans un vase, que je posai sur le rebord de la fenêtre. Puis je repris :

— Tu nous manques, tu sais. Il est en train de se passer des tas de choses.

Sam avait fort mauvaise mine. Ses traits étaient tirés, son teint flétri. Jamais je n'avais eu aussi peur de la perdre et, à chaque nouvelle visite, je tremblais à l'idée que ce puisse être la dernière.

J'approchai une chaise de son lit.

— J'ai un secret à te raconter. Il y a un homme, là-bas, au bord du lac, que j'aime plutôt bien.

Je fais tout mon possible pour ne pas m'attacher trop à lui. Mais il est tellement gentil ; drôlement intelligent, avec ça. Et puis beau garçon, ce qui ne gâte rien. Je sais, on ne trouve jamais ces trois qualités réunies chez un même homme.

Je laissai à Sam le temps de digérer la nouvelle.

— Je l'appellerai Brendan, désormais. Seulement moi, c'est parce que c'est son vrai prénom. Remarque, je pourrais aussi l'appeler Doc. Il est médecin.

» Tu te souviens, quand j'étais petite, je suivais partout un certain Brendan Keller ? Eh bien, c'est devenu un grand garçon. Je lui fais une confiance absolue. Je lui ai parlé de Danny et du bébé. Je sais qu'il tient à moi, mais il réprime ses sentiments. Comme moi, d'ailleurs. Tu n'en reviens toujours pas ? Moi non plus.

Je cessai enfin mon babillage. Je pris la main de Sam. Si seulement la transmission de pensée existait. J'aimerais tant que tu fasses la connaissance de Brendan, lui aurais-je dit. Ne serait-ce qu'une fois.

38

— La vie qu'on mène ici tous les deux est incroyable, lâcha Brendan en souriant.

C'était le lendemain soir. Nous rentrions d'un dîner au *Lake Geneva Inn.* Nous traversions un véritable rideau de pluie. Pour un peu, je lui aurais demandé de se ranger sur le bas-côté de la route pour attendre la fin de l'averse.

— C'est toi qui l'as voulu – il fallait que tu profites de chaque instant « depuis l'aurore jusqu'à ne plus pouvoir garder un œil ouvert ». Ce sont tes propres termes.

Arrivés chez Sam, nous traversâmes au galop la cour recouverte de flaques pour nous abriter sous la véranda. J'ouvris la porte d'un coup sec.

— Ne bouge pas, je vais chercher des serviettes.

J'entrai la première.

J'approchais de l'armoire à linge lorsqu'une lampe se mit à grésiller, avant de s'éteindre. Une odeur de brûlé se répandit aussitôt dans la pièce.

D'un coup de hanche, je repoussai le fauteuil

loin du mur. Derrière, dans un coin, je découvris une guenille blanche et flasque.

C'était Euphoria.

J'appelai Brendan, qui me rejoignit dans la seconde. Il souleva la chatte pour la reposer délicatement au milieu du tapis. Le spectacle me remplit d'effroi : autour de la gueule, la fourrure d'Euphoria était roussie et tachée de sang. Elle ne respirait plus.

— Que s'est-il passé ?

— Elle a dû mordiller un fil électrique, dit Brendan en posant deux doigts sur le ventre d'Euphoria. Elle fait un arrêt cardiaque. Je ne sens plus son pouls.

Juste après la mort de Danny, je l'avais arrachée à la fourrière et m'étais immédiatement attachée à elle. Pour moi, Euphoria n'était pas un chat comme les autres. Je l'aimais de tout mon cœur. Je m'agrippai au bras de Brendan.

— Tu peux faire quelque chose ?

Il inspira profondément.

— Quand je te le dirai, tu feras pression ici. Cinq fois.

Il tourna la chatte sur le flanc. Elle demeurait inerte.

Il lui écarta les mâchoires et se pencha jusqu'à sa gueule, pour souffler un peu d'air dans ses poumons.

— Vas-y, Jennifer.

Je pratiquai le massage cardiaque en priant pour qu'il ait quelque effet. Au bout de plusieurs secondes, Brendan me fit signe d'arrêter. Mon cœur battait à tout rompre.

Il se pencha pour la deuxième fois vers Euphoria et reprit le bouche-à-bouche. Le Dr Keller ne ménageait pas ses efforts.

C'est alors qu'un miracle se produisit. Je sentis la malheureuse bête ressusciter sous mes doigts. Elle frissonna et toussa. Puis elle ouvrit ses beaux yeux verts et me regarda, pleine de gratitude. Elle respirait de nouveau.

Enfin, elle se dressa sur ses pattes, un rien chancelante, et se mit à miauler.

Je la soulevai d'un bras pour lui faire une grosse bise, passant l'autre autour du cou de Brendan et l'embrassant à son tour. Je le serrai de toutes mes forces. Pour un peu, j'aurais écrasé Euphoria entre nous.

— Tu as sauvé mon bébé, chuchotai-je.

Brendan s'accroupit, visiblement satisfait.

— Tu vois à quel point je t'aime, Jennifer, je viens de faire du bouche-à-bouche à un chat.

Abasourdie, je le regardai dans les yeux – il venait de me dire « Je t'aime ».

39

Cet été-là passait décidément trop vite. De nouveau, c'était « l'heure magique », celle où nous aimions nous retrouver tous deux sur le ponton. Nous nous tenions assis côte à côte, les jambes ballantes, penchés l'un vers l'autre. Je remarquai que le regard de Brendan se perdait vers l'autre rive du lac. Il était plongé dans ses pensées.

— Tout va bien ?

Bien sûr que oui, me dis-je. Comment pourrait-il en être autrement ?

Il bredouilla, puis se tut.

— Toi, tu cherches tes mots ? Je n'en reviens pas ! Qu'est-ce qui… qui… qui se passe ? balbutiai-je à mon tour pour le taquiner.

Il ne disait toujours rien. Qu'est-ce que cela signifiait ? S'apprêtait-il à me livrer, lui aussi, quelques secrets ? Me faisait-il désormais suffisamment confiance ?

— J'ai quelque chose à te confier, Jennifer.

Je m'écartai de lui pour voir son visage. Il détourna les yeux.

— Tu ne vas tout de même pas me dire que tu es toujours marié ?

Je regrettai aussitôt la bêtise de ma remarque.

Il me fit face.

— Je suis divorcé. Non, il y a autre chose... Quand on s'est rencontrés, voilà quelques semaines, je ne savais pas qu'il allait nous arriver tout ça. Personne, d'ailleurs, n'aurait pu le deviner. J'ignorais qu'il existait, sur terre, une femme telle que toi.

— Pauvre petit !

Ma nouvelle réplique ne le dérida pas davantage. Quelque chose le tourmentait. Cela ne lui ressemblait pas. Soudain, je compris. Il était en train de tomber amoureux, mais...

Je pressentis que la nature de ce « mais » risquait de ne pas me plaire du tout. Cette perspective me glaça.

— Mais quoi ? implorai-je.

40

Il ne répondit pas tout de suite. J'en étais malade. J'ignorais ce qui se tramait, mais les choses tournaient mal. Brendan ne voulait, ou ne pouvait pas me regarder en face. Je ne l'avais jamais vu se comporter de cette façon.

— Que t'arrive-t-il, Brendan ?

Il soupira.

— Ça risque d'être très difficile. Il faut que je revienne un peu en arrière.

— Comme tu veux. Du moment que tu m'expliques ce qui se passe.

Il leva son poignet.

— Je t'ai déjà montré ça ?

Il portait une superbe montre Rolex. Je l'avais déjà remarquée, mais jamais il ne m'avait fait le moindre commentaire à son sujet.

— Tu t'es fait un petit plaisir ?

— C'est un cadeau. L'ami qui me l'a offerte était mon voisin, dans l'Indiana. Il s'appelait John Kearney. John était professeur à l'université Notre-Dame. C'était un type adorable. Il avait quatre enfants, quatre filles. On faisait du football américain, tous les deux. On jouait aussi au tennis une fois par semaine. Un jour, il est allé voir son médecin pour une petite toux tenace. On a découvert sur ses radios une grosse tache au poumon.

» Il est venu me montrer ses clichés. Je l'ai aussitôt fait admettre à la clinique Mayo, où j'avais fait mon internat. Je lui ai déniché un chirurgien hors pair. Un cancérologue. Six mois plus tard, John ne pesait plus que cinquante kilos. Il ne pouvait plus rien avaler, il ne se levait plus. Il souffrait sans arrêt. Et pas le moindre signe d'amélioration.

Brendan planta son regard dans le mien. L'infinie tristesse que j'y lus me bouleversa. J'en étais moi-même passée par là ; en étais-je d'ailleurs jamais sortie ?

— Je lui ai suggéré une nouvelle série de rayons, mais il a refusé tout net. « On arrête tout, m'a-t-il dit. Je t'aime beaucoup et je sais que tu crois bien faire. Mais j'ai eu une belle vie. J'ai quatre merveilleuses filles. Je ne veux pas rester dans cet état. Laisse-moi m'en aller, s'il te plaît. »

» Je lui ai présenté mes excuses, puis je l'ai serré dans mes bras. On s'est mis à pleurer. Je savais que John avait raison. Je ne pouvais pas faire machine arrière, mais je n'ai plus jamais vu du même œil l'acharnement dont nous, les médecins, faisons preuve quelquefois, sous prétexte que nous en avons les moyens.

» À sa mort, il m'a légué cette montre. Elle est là pour me rappeler qu'il faut savoir profiter des bons moments. C'est pour cette raison que, lorsque j'ai examiné mon propre scanner, au début de cet été, j'ai décidé de me faire plaisir. Je suis navré. Tu ne peux pas savoir à quel point. Je n'aime pas les mélos, surtout quand c'est moi qui tiens le premier rôle. Je vais mourir, Jennifer.

41

Assommée par la nouvelle, j'eus du mal à saisir ce que Brendan m'expliqua ensuite. En revanche, je compris parfaitement la conclusion à laquelle il aboutit.

— On ne peut rien faire pour moi. Je t'assure, j'ai retourné le problème dans tous les sens.

Je ressentis une terrible douleur dans la poitrine, là où, quelques minutes plus tôt, battait encore mon cœur. La tête me tourna et je fus prise de nausées. J'avais du mal à croire ce que je venais d'entendre. Les contours des choses et des êtres, autour de moi, se brouillaient, tout flottait dans une sorte d'irréalité – l'eau dans laquelle je trempais mes pieds, mon propre corps, la main de Brendan posée sur la mienne. Soudain, je tendis les bras vers lui et l'enlaçai de toutes mes forces. Je l'embrassai sur la joue, la tempe. J'étais anéantie. Je me sentais vide.

— Explique-moi, lui dis-je enfin.

— On appelle ça un glioblastome multiforme.

C'est un nom compliqué pour un cancer très agressif qui s'est logé juste ici.

Du doigt, il désigna une zone située derrière son oreille gauche. Il m'expliqua qu'il avait examiné son cas plusieurs dizaines de fois, qu'il était allé jusqu'à Londres pour consulter les meilleurs spécialistes. Le verdict était sans appel.

— Le seul traitement dont on dispose pour s'attaquer à ce genre de tumeur est un traitement expérimental, très lourd. L'opération, inutile d'y songer ; les risques de paralysie sont énormes. De toute façon, on n'a pratiquement aucune chance d'éliminer toutes les cellules malignes. Le cancer récidive tout le temps, même après les rayons et la chimio.

Les larmes ruisselaient sur mes joues. J'avais l'estomac noué.

— Non, ce n'est pas vrai…

— Je ne savais pas comment te l'annoncer. Je ne sais toujours pas, d'ailleurs.

Il m'attira contre lui et m'étreignit. Je ne bougeai pas. Il reprit d'un ton calme, tentant de m'apaiser :

— Je suis navré. Vraiment navré.

— Comment est-ce possible, Brendan ?

— Je ne désirais qu'une chose, me faire plaisir, dit-il à mi-voix. C'est pour ça que j'ai choisi de venir passer un dernier été ici. Et puis, je t'ai retrouvée, Scout.

42

Brendan et moi n'avions encore jamais fait l'amour ensemble. Je comprenais mieux pourquoi.

— Je n'ai pas envie de rester seule, ce soir, lui dis-je à l'oreille. Tu es d'accord ?

Il me fit ce sourire ravageur que je lui connaissais bien, à présent.

— Moi, ça fait trente-quatre nuits que je n'ai pas envie de rester seul.

— Tu es vraiment obligé de tenir une comptabilité ?

— Oui.

Je pris sa main dans la mienne et l'embrassai. « Plus maintenant. »

Nous quittâmes le ponton pour rejoindre ma chambre. J'avais l'impression de ne plus toucher terre. Nous marchions enlacés, tanguant jusqu'au seuil de la maison. Là, nous nous embrassâmes longuement. Je raffolais de ses baisers. Puis nous ôtâmes maladroitement nos vêtements en nous laissant tomber sur le lit.

— J'ai réussi mon coup, avec mon histoire, plaisanta-t-il.

— Arrête de dire des bêtises.

Il ne pouvait pas s'en empêcher.

— C'est toi, Scout ?

Nous éclatâmes de rire. J'adorais rire avec lui.

Je plongeai mes doigts dans son abondante chevelure et l'embrassai à perdre haleine. Comme j'aimais le contact de sa peau contre la mienne ! Et comme son parfum m'enivrait ! J'effleurai les poils soyeux qui bouclaient sur sa poitrine, puis je laissai glisser mes mains le long de son corps. Je l'accueillis en moi tout entier. Plus question, désormais, de nier mes sentiments.

Brendan piqua de délicieux baisers sur mes seins, ma gorge, ma bouche et mes paupières ; puis il recommença. Il était en train de me rendre folle, lui si doux, si prévenant. Il murmurait mon nom, tandis que ses mains parcouraient mon corps. Je frémissais sous ses caresses, il savait y faire mieux que personne.

— Tu as un corps superbe, plus encore que ce que j'imaginais.

Le compliment fit mouche. Brendan était pourtant loin de soupçonner combien je brûlais d'entendre ces mots-là. Depuis plus d'un an et demi, je n'avais connu physiquement aucun homme.

— Toi aussi, tu es superbe.

— C’est vrai ?

— Bien sûr que oui.

Nous nous donnions l’un à l’autre sans retenue, sans cette fébrilité des premières fois par laquelle il arrive qu’on se laisse envahir. Il était écrit quelque part, et de toute éternité, que nous devions vivre un jour ce que nous étions en train de vivre. Enfin, nous demeurâmes enlacés, immobiles. Je me noyais dans le regard envoûtant de Brendan.

J’avais oublié ma peur, tous mes doutes s’étaient envolés. Évanouies, mes incertitudes. Toujours blottis l’un contre l’autre, nous nous tournâmes pour nous faire face. De mes jambes, j’avais enserré sa taille.

Nous nous endormîmes dans cette position.

Je m’éveillai dans ses bras. Je m’y sentais prodigieusement bien.

— Scout ? chuchota-t-il.

Je lui assénai un coup de poing dans le bras.

— Qu’est-ce que je disais ? Un vrai garçon manqué.

— Comment est-ce que tu peux dire ça – après ce qui s’est passé cette nuit ?

— Tu as raison. Tu es une vraie fille. Une femme, plutôt. Tu es une femme merveilleuse, Jennifer. Tu me rends formidablement heureux.

Je l’étreignis à l’étouffer. Puis l’aurore parut à travers les rideaux.

Comme répondant à son signal, Brendan ouvrit grands les yeux et me fit l'un de ses plus beaux sourires.

— C'est parti ! lança-t-il.

Comment aurais-je pu lui résister ?

Sans prendre le temps d'enfiler nos maillots, nous nous ruâmes dans la cour avec une énergie de gosses. Surpris, des canards s'envolèrent dans la brume qui montait du lac. Nous déboulâmes le ponton. Les planches résonnaient sous nos pieds nus.

Nous plongeâmes en hurlant dans l'eau cristalline.

Nous étions en parfaite harmonie avec l'ordre du monde. Tout allait pourtant si mal…

43

Ce matin-là, à l'hôpital, je racontai tout à Sam. Jadis, elle aurait su tempérer mon agitation. « Allons, allons, m'aurait-elle interrompue. Ralentis un peu, Jennifer. » Mais cette fois, je ne pouvais pas me permettre de ralentir ; je n'en avais pas le temps. Je lui fis pourtant des confidences pendant plus d'une heure.

— Je ne me sens plus coupable de rien, et je n'ai même pas envie de savoir exactement pourquoi. Peut-être parce que Brendan est malade. Il faut que je fasse quelque chose. Tu en penses quoi, toi ? Il faut que tu m'aides, tu t'es assez reposée.

Hélas ! ma grand-mère n'avait rien à me dire. Son silence m'affligeait autant qu'il m'irritait, car jusqu'ici elle avait toujours été à mes côtés.

Plus tard dans la matinée, j'obtins un rendez-vous avec Max Weisberg. Il me fallait un deuxième avis concernant l'état de santé de Brendan.

Une bonne odeur de macaronis au gratin et de café me conduisit jusqu'à la cafétéria de l'hôpital, une salle garnie de tables en Formica qui dominait le parking. Max était assis près de la fenêtre.

Depuis quelques semaines, je m'étais entretenue avec lui tant de fois qu'il ne m'intimidait pour ainsi dire plus. D'ailleurs, il paraissait bien jeune, assis en face de moi dans sa tenue de chirurgien, ses cheveux blonds taillés en brosse. Il finissait un café accompagné de toasts.

— Drôlement appétissant, lui lançai-je.

— Qu'est-ce qui t'arrive ?

Je lui résumai ce que Brendan m'avait confié la veille au soir : sa tumeur au cerveau, le pronostic plus que réservé, sa décision de profiter de l'été et de refuser les traitements agressifs qu'il s'était vu proposer.

Lorsque j'eus terminé, Max m'interrogea.

— Quand est-ce que tu arrêtes de fumer ?

— Max, je t'en prie. De toute façon, j'ai arrêté. Hier.

— Je suis sérieux. (Il soupira.) Je ne vais pas te raconter d'histoires. Le glioblastome multiforme est une vraie saloperie. Brendan a tout à fait raison. L'intervention chirurgicale est terriblement risquée ; le traitement ne marche qu'une fois sur deux. Tout ça, Brendan le sait.

— Mais il y a bien quelque chose à faire ? Est-ce qu'il peut s'en sortir sans être trop diminué ?

— S'il survit à l'opération, s'il survit au traitement, il aura trente pour cent de chances de vivre les deux à cinq années à venir. Seulement, il peut très bien se retrouver totalement paralysé après l'intervention. Il aura toute sa tête, mais il ne pourra plus ni bouger ni parler. Je t'assure que les risques sont énormes.

Je ne voulais pas me mettre à pleurer en présence de Max, mais il se montrait parfois très dur avec les proches de ses patients.

— Je ne sais pas quoi faire, lui avouai-je. Je suis en train de devenir folle. Dis-moi, toi.

— Désolé, mais moi, je suis neurologue.

Je lui lançai un regard furieux avant de fondre en larmes. Contre toute attente, il s'adoucit aussitôt.

— Désolé. C'était une mauvaise blague. Je fais mieux d'habitude.

Les coudes sur la table, il cacha son visage dans ses mains.

— Pour dire les choses moins brutalement, je pense que Brendan a décidé de profiter au mieux du temps qui lui reste. Il a choisi de passer un été de rêve avec toi. Il a de la chance de t'avoir et je suis sûr qu'il le sait. Bref, je crois qu'il a fait le bon choix. Je suis vraiment navré.

Max serra mes mains entre les siennes.

— Tu ne mérites pas tout ce qui t'arrive, Jennifer. Brendan non plus.

44

Sur le chemin du retour, je tournai et retournai dans ma tête les paroles de Max. Une fois arrivée chez Sam, je me garai sous le chêne. D'un coup de pied, je fis valser mes mocassins et me dirigeai vers le ponton de Shep. Brendan était en train de nager. Il paraissait plein de vie. Comment était-il possible qu'il soit aussi gravement malade ? Je sentis mon estomac se nouer.

Dès qu'il m'aperçut, il me fit un signe de la main.

— Viens me rejoindre, l'eau est bonne. Et toi, tu es magnifique.

— Non, c'est toi qui viens, fis-je en tapotant les planches à côté de moi. Viens t'asseoir, je te garde la place.

Brendan me rejoignit en quelques brasses. Il se hissa sans effort sur le ponton, puis passa son bras autour de ma taille avant de m'embrasser.

— Pas maintenant.

— Pas maintenant, quoi ? demandai-je.

— On n'en parle pas maintenant, Jen.

Il me regarda dans les yeux, plissant un peu les siens à cause du soleil.

— Ça risquerait de gâcher cette superbe journée. On a tout le temps d'aborder les choses sérieuses.

J'obtempérai. Je préparai le déjeuner, que je servis dehors, sur la véranda : salade au poulet agrémentée de grains de raisin et de fruits secs, chips et thé glacé. La lumière jouait à la surface du lac, en contrebas, et le parfum des roses de Sam embaumait l'air. Henry travaillait au jardin ; il y venait presque chaque jour.

La journée, en effet, était splendide. Brendan et moi nous sentions faits l'un pour l'autre. Hélas ! nous nous étions rencontrés trop tard. Tout au long du repas, je demeurai au bord des larmes, prête à m'effondrer. Pourtant, je tins bon. Brendan avait peut-être eu le temps d'accepter l'idée de sa propre mort, moi non.

Comme il avait entrepris d'imperméabiliser la véranda de son oncle, il me quitta après manger pour achever son travail. En débarrassant la table, je découvris un mot, plié sous mon assiette. Je lus :

JENNIFER,

VOUS ÊTES OFFICIELLEMENT INVITÉE

À DÎNER À LA MAISON D'HÔTES

VERS 19 HEURES

VENEZ COMME VOUS ÊTES : BELLE COMME UN CŒUR

BRENDAN

45

À la nuit tombée, je traversai la pelouse pour m'engager vers l'ouest le long du lac. Un concert de grenouilles et de grillons m'accompagnait. La nuit était sublime, le ciel parfaitement dégagé, la brise rafraîchissante. J'avais enfilé des sandales et opté pour un pantalon noir, ainsi qu'un cardigan de même couleur sur un dos-nu. Je voulais plaire à Brendan. Je n'étais pas une reine de beauté, mais je savais m'habiller avec goût.

La maisonnette, avec son patio dallé de grès cérame, se dressait dans une clairière, au bord de l'eau. J'aperçus des steaks dans une marinade et une bouteille de vin rouge. Brendan tisonnait les braises dans le barbecue, faisant jaillir des étincelles contre le ciel.

Il m'embrassa. Je savourai son baiser, qui s'attarda sur mes lèvres.

— C'est un soir spécial, aujourd'hui, me dit-il en me tendant un verre de vin. C'est mon anniversaire.

— Mais enfin, pourquoi tu ne m'as rien dit ?

Terriblement gênée, je me sentis rougir jusqu'aux oreilles.

— Je ne voulais pas qu'on en fasse toute une histoire, fit-il avec un haussement d'épaules. De toute façon, c'est un anniversaire banal, ce n'est pas un chiffre rond.

Je fis rapidement le calcul. Il avait donc quarante et un ans. Seulement quarante et un ans. Nous trinquâmes.

— Joyeux anniversaire ! lui lançai-je en tâchant de mettre un instant de côté l'angoisse qui me tenaillait.

— Je suis ravi que tu sois là. C'est vraiment un joyeux anniversaire.

Je mélangeai la salade, tandis que Brendan faisait griller les steaks. Les lucioles traçaient dans la nuit des semblants de lettres lumineuses. Du lecteur CD s'échappait la voix d'Eva Cassidy. Brendan m'invita à danser. Dès que je lui eus pris la main, le sang afflua à mon visage. Il m'enlaça. Pieds nus dans l'herbe, nous nous balancions au son de la musique. C'était merveilleux. Une chanson de Sting succéda à celle d'Eva.

Brendan était un excellent danseur, capable, indifféremment, de mener ou de suivre. Il se déplaçait avec une telle légèreté qu'il me semblait épouser le moindre de ses mouvements et me fondre en lui tout entière. Nous allions, joue contre joue, flottant presque sur le gazon.

Nous vivions des instants inoubliables dans la plus parfaite harmonie.

— Les steaks sont en train de brûler, lui murmurai-je.

— Aucune importance.

— Tu es un vrai prince charmant. Mignon, plein d'esprit. Et sensible, pour un supporter de football américain.

Il sourit.

— C'est un bien joli compliment pour un anniversaire.

— Après manger, je te ferai un beau cadeau. Je n'ai pensé qu'à ça tout l'après-midi.

— Alors, tu savais que c'était mon anniversaire ?

— Disons que j'improvise.

Je lui souris à mon tour.

Il me convia à passer à table. Après le dîner, arrosé de deux bouteilles d'un vin exquis, nous dansâmes sur Jill Scott et Sade. Puis nous fêtâmes plus dignement encore son anniversaire.

À l'intérieur de la maison aux meubles tendus de chintz se trouvait un grand lit, depuis lequel on dominait le lac. C'est là que Brendan et moi fîmes l'amour « jusqu'à ne plus pouvoir garder un œil ouvert ». Je l'avais bel et bien trouvé, mon prince charmant.

Avant de m'endormir, je lui chantai *Happy Birthday*. Je chantai de tout mon cœur et il mit tout le sien à chanter avec moi.

46

Je m'éveillai avec un léger mal de tête, à cause du vin que j'avais bu la veille. Soudain, l'appréhension me saisit : j'étais seule. D'après la hauteur du soleil, la matinée était déjà bien avancée. Je rassemblai mes vêtements et découvris, à mon grand soulagement, un billet posé sur mes sandales.

Chère Jen,

J'avais raison, tu es la femme idéale. J'ai une bricole à régler à Chicago. Rien d'important. On se voit, ce soir ? pourvu que oui. Je meurs d'envie de te tenir dans mes bras. Tu me manques déjà. J'espère que tu éprouves la même chose de ton côté.

Bisous,

Brendan.

Serrant le billet contre mon cœur, je m'élançai à travers les pelouses dans mes vêtements de la veille. Euphoria et Sox m'accueillirent en haut des marches qui menaient à la véranda. Elles passaient et repassaient entre mes jambes, et me faisaient leurs doléances en miaulant. Leur petit déjeuner avait du retard.

Tandis que je leur présentais mes excuses, j'avisai une camionnette rouge en train de se garer sur le parking. Le jardinier de Sam jaillit hors de la cabine. Henry semblait dans tous ses états. Que se passait-il ?

Au même instant, le téléphone se mit à sonner. « Non, pas Sam », me dis-je aussitôt.

— J'arrive, Henry ! Il faut que j'aille répondre au téléphone.

J'ouvris brusquement la porte de derrière. Je me battis quelques instants avec le combiné avant de le coller contre mon oreille. Je sus immédiatement qui se trouvait à l'autre bout du fil : Max. Sa voix était tendue, mal assurée. Cela ne lui ressemblait guère.

— Sam est réveillée. Viens vite.

47

Je me ruai sur la route 50 au volant de la Daimler. Debout sur le frein, je négociai, un peu plus loin, le virage qui menait à la 67. Sitôt rétablie, j'appuyai de nouveau sur le champignon. Sam occupait à ce point mes pensées que je ne m'étais même pas aperçue que Henry me suivait. Je ne le vis que lorsqu'il vint ranger sa camionnette à côté de ma voiture, sur le parking de l'hôpital. Il baissa sa vitre pour me dire quelque chose.

— Pardon ? Je n'ai pas compris.

— Sam a quitté l'unité de soins intensifs. Elle est au deuxième étage. Chambre vingt et un B.

— Merci !

Et si Henry était Doc ? Il avait eu deux enfants, après tout. Peut-être même était-il titulaire d'un doctorat. Je me souvenais vaguement de quelque chose à ce sujet.

Je mis mes suppositions de côté pour me précipiter vers l'hôpital et jouer des coudes parmi la foule qui se pressait dans l'entrée. Tant pis pour les bonnes manières. Je grimpai quatre à quatre l'escalier de secours. La nouvelle chambre de Sam se trouvait à l'extrémité d'un hall couvert de linoléum flambant neuf. Je poussai la porte battante. Déjà, une réplique me venait aux lèvres : « Tu t'es enfin décidée à rejoindre le monde des vivants ! » Mais les mots me restèrent dans la gorge.

Mon cœur se serra. Sam reposait dans son lit, parfaitement immobile, les yeux bien clos. Penché sur elle, Max lui prenait le pouls. « Il est trop tard », pensai-je.

— Que s'est-il passé ? Je suis venue aussi vite que j'ai pu.

Le Dr Weisberg se retourna :

— Allons discuter de ça dehors. Suis-moi.

— Elle a replongé dans le coma, c'est ça ?

Max leva une main pour m'empêcher d'aller plus loin.

— Non, elle a repris conscience. Mais il faut que je t'explique certaines choses.

Nous rejoignîmes son cabinet, une pièce carrée garnie de meubles bon marché, où dominait le beige. Des notes de service tapissaient les murs. Ainsi qu'il l'avait fait quelques semaines plus tôt, Max me laissa son fauteuil pivotant pour s'asseoir au bord du bureau.

— Elle dort, finit-il par lâcher. Elle s'est réveillée un peu plus tôt. On a essayé de te joindre, mais tu ne répondais pas au téléphone.

— Elle est vraiment sortie du coma ?

— Le coma n'est pas un état paisible, poursuivit-il comme s'il n'avait pas entendu ma question. Les patients ont beau sembler inconscients, ils se tracassent pour des tas de choses. Ils se demandent qui va donner à manger au chien ou arroser les plantes vertes, ils voudraient savoir s'ils ont pensé à éteindre la lumière en partant. Ces patients-là ont besoin qu'on les rassure – c'est pour ça qu'on s'est opposés au transfert de Sam dans un hôpital de Milwaukee. On tenait à ce que ses amis – toi, en particulier – soient là pour lui parler.

— Il a été question de la transférer ? C'est la première fois que j'entends parler de ça.

Max eut un geste de la main dans lequel je décelai un soupçon de mépris.

— Il était inutile de te mettre dans la confidence. Ta grand-mère est très entourée, tu sais.

Pendant que je ruminais la nouvelle, il m'expliqua que son père siégeait au conseil d'administration de l'hôpital. À ce titre, il avait aidé son fils à tirer quelques ficelles pour s'assurer que Sam demeure à Lake Geneva. Seulement, son établissement n'était pas en mesure d'assurer les soins à long terme.

— Ta grand-mère est réellement sortie du coma, mais elle aurait pu en garder des séquelles sur le plan physique ou mental.

— Est-ce que c'est le cas ? Dis-moi la vérité.

— Elle parle beaucoup, mais elle se montre parfois confuse. Elle est très affaiblie. On va la garder ici encore quelque temps. Après, il lui faudra beaucoup de patience et énormément de soins.

Pourquoi diable Max me dévisageait-il ainsi ? Dans un éclair de lucidité, je me représentai soudain le spectacle que je lui offrais : sous mes yeux s'étalaient des traînées de mascara, j'avais oublié de me coiffer en me levant et je portais mes vêtements froissés de la veille – tout cela à 10 heures du matin, en pleine semaine.

Je ne perdis pas contenance pour autant.

— J'aimerais voir Sam, c'est possible ?

— Bien sûr. Je voulais juste que tu sois préparée.

Max me raccompagna jusqu'à la chambre de ma grand-mère, avant de me laisser seule avec elle. J'approchai doucement de son lit, puis je lui effleurai le bras. Elle ouvrit tout grands les yeux. J'eus un mouvement de recul. Une étincelle passa dans son regard lorsqu'elle me vit.

— Jennifer, fit-elle.

Son visage s'éclaira d'un sourire.

— Ma petite-fille est ici.

48

Je me jetai au cou de Sam en sanglotant. J'avais peine à croire que c'était bien ses bras que je sentais autour de mes épaules, sa voix que j'entendais enfin, moi qui avais perdu presque tout espoir de jamais pouvoir lui parler à nouveau.

Elle me tapota doucement le dos, comme elle avait l'habitude de le faire depuis que j'avais deux ans. Je tenais tant à elle que l'idée de la perdre m'emplissait d'effroi. De toutes mes forces, j'avais souhaité la retrouver. Mes vœux étaient exaucés.

Je regonflai son oreiller avant de m'asseoir au bord du lit.

— Alors, où étais-tu ? murmurai-je.

— Mais ici. C'est ce qu'on m'a dit, en tout cas.

— Raconte.

Tel était notre mot d'ordre. Avec qui tu sors à Chicago ? *Raconte.* Quels sont les potins de Lake Geneva ? *Raconte.*

— Eh bien, c'était… étrange, me confia-t-elle en faisant la moue. Je ne savais pas où je me trouvais… mais j'ai entendu des choses, Laura.

C'était le prénom de ma mère.

Sam poursuivit sans s'apercevoir de son erreur.

— Cet affreux éléphant a failli me rendre complètement folle. Mais les infirmières sont venues engueuler les dompteurs. J'étais ravie.

Je tâchai de traduire ses propos. L'« éléphant » désignait sans doute le ventilateur. Mais qu'entendait-elle par « engueuler les dompteurs » ? J'avais du mal à suivre.

— J'ai dit « dompteurs » ? Je voulais dire…

— « Docteurs » ? hasardai-je.

— C'est ça. Je savais bien que toi, tu comprendrais. J'ai essayé de te parler, tu sais. Je t'entendais, mais ma voix…

Du doigt, elle me montra sa bouche à plusieurs reprises. Pas un son n'arrivait à sortir.

Je hochai la tête. Les mots me manquaient, à moi aussi. Nous nous étreignîmes. Un geste vaut parfois tous les discours. J'aurais pu compter ses côtes à travers sa chemise de nuit, ses mains tremblaient, elle s'embrouillait dans ses explications – mais tout allait bien, puisqu'elle était vivante et qu'elle me parlait. Je n'avais pas espéré autre chose, au cours de ces dernières semaines. Je n'avais prié que pour cela.

Sam avait envie que je prenne la parole à mon tour. Je m'exécutai et finis par lui en révéler beaucoup plus que prévu sur Brendan et moi. Elle écoutait sans faire beaucoup de commentaires. Suivait-elle ce que j'étais en train de lui raconter ?

C'est alors que mon cœur se serra, car elle me regarda de ses yeux d'un bleu très clair pour me dire :

— Je veux partir d'ici. Je veux mourir chez moi.

49

Le soulagement que j'avais d'abord éprouvé en retrouvant Sam en avait pris un coup. Rien ne s'arrangea lorsqu'en fin d'après-midi je regagnai Knollwood Road. J'avais prévu d'appeler les amis de ma grand-mère pour les prévenir, mais c'était Brendan qui commençait à me préoccuper. Que pouvait-il bien faire à Chicago ? Sa tumeur avait-elle évolué ? Pourquoi s'absenter maintenant de Lake Geneva ? Je brûlais surtout de lui raconter ce qui s'était passé à l'hôpital.

Je compris cet après-midi-là que je détestais me trouver loin de lui. Son absence me faisait horreur. Cela ne présageait sans doute rien de bon.

Je pris un ample virage pour aller me garer sous le chêne. Depuis quelques minutes, mes craintes conjuguées se traduisaient par un mal de tête venu se loger juste derrière mon œil gauche.

J'avalai deux aspirines avant de me rendre chez

Shep pour voir si Brendan était rentré. Hélas ! la demeure de son oncle était plongée dans la pénombre. S'était-il attardé à Chicago ? Il me manquait terriblement. Et puis, je me faisais du souci pour lui, même s'il ne s'agissait guère que de l'angoisse banale d'une citadine un brin névrosée.

Je regagnai la maison de Sam en traînant les pieds. À quoi allais-je bien pouvoir occuper le reste de ma journée ? La solution se présenta à moi d'un coup. Je pris un paquet de lettres et revins m'installer sur la véranda. Plus que jamais, je voulais savoir ce que Sam avait vécu.

Que s'était-il réellement passé entre Doc et elle ? Qui était-il ? Connaîtrais-je jamais toute la vérité sur leur histoire ? John Farley aurait-il pu être Doc ? Ou alors était-ce Henry ? Pourquoi pas Shep, l'oncle de Brendan ? Si ça se trouve, je ne le connaissais même pas.

Je m'installai dans mon rocking-chair favori. Le ciel, suspendu au-dessus du lac, s'assombrissait. Un orage se préparait. L'air était chargé d'ozone et on sentait dans l'atmosphère une électricité qui ajoutait à ma propre fièvre, me rendant plus pressante encore la lecture de ces lettres. Je me laissais happer par le règne de l'illusion, comme dans un roman des sœurs Brontë.

Il fallait à tout prix que je découvre ce qui était

arrivé à Sam et à Doc. J'aurais tant aimé que tout se termine bien pour eux. Qui, d'ailleurs, aurait pu ne pas le souhaiter ? Malheureusement, j'avais pu constater, ces derniers temps, que les happy ends n'étaient pas légion.

Néanmoins, je me plongeai dans la lecture.

50

Ma chère Jennifer,

Le désir que j'éprouvais pour Doc était si intense qu'il me devenait parfois insupportable. Il m'arrivait de me consumer plusieurs mois durant. Voici ce qui s'est ensuite passé. Tous les étés, je vivais dix jours particulièrement atroces, lorsque Charles se rendait en Irlande pour, prétendait-il, jouer au golf avec ses amis. J'ignorais à quoi il occupait réellement ses journées, même si des bruits couraient. Pendant son absence, toutes mes pensées se tournaient vers Doc. Je ne parvenais pas à me raisonner. Peut-être, d'ailleurs, n'en avais-je pas la moindre envie.

Je me souviens d'un samedi d'août 1972. Charles séjournait à Kilkenny et, ce matin-là, je m'étais rendue en ville.

Seule, comme à l'accoutumée.

J'avais acheté, puis fourré dans le coffre du Jeepster, de quoi faire une clôture pour empêcher les cerfs d'entrer chez nous. Je me suis arrêtée dans une station-service. Le petit Johnny Masterson jouait les pompistes cet été-là. À peine avait-il empli le réservoir de ma voiture que Doc est venu garer la sienne de l'autre côté de la rangée de pompes.

Dès que je l'ai aperçu, j'ai senti mon cœur bondir dans ma poitrine. Cela se produisait chaque fois que je le voyais. À cause du caractère clandestin de notre liaison, sans doute, mais surtout parce que nous étions fous amoureux l'un de l'autre. J'ai tendu un billet de dix dollars à Johnny. Tandis qu'il allait me chercher la monnaie, Doc est descendu de sa voiture et s'est avancé vers la mienne. Il était si séduisant, Jen. D'un sourire, il aurait pu faire fondre les cœurs les plus endurcis. Et ses yeux. Il avait des yeux magnifiques.

— Sois gentille, Sammy, ne discute pas. Contente-toi de me suivre quand je sortirai d'ici.

J'ai donc roulé derrière lui pendant une quinzaine de kilomètres sur la route 50. Après quoi, il s'est engagé sur l'autoroute. Lorsque nous avons atteint Alpine Valley Resort, je me suis garée à sa suite avant d'aller m'asseoir à côté de lui, sur le siège passager. Si c'était ce que Doc voulait, alors je le voulais aussi.

Je me suis jetée dans ses bras.

— Tu m'as manqué, lui ai-je avoué. Dieu seul sait pendant combien de temps je vais être encore capable d'endurer ça.

Les paroles qu'il a alors prononcées ont résonné dans tout mon corps.

— Je sais qu'on en a déjà parlé des milliers de fois, Samantha. Ce que nous faisons est peut-être mal, mais peu m'importe, désormais. J'ai cinquante ans. Je t'aime plus que tout au monde. Je veux pouvoir passer du temps seul avec toi. Je t'en prie, dis oui, et partons tous les deux. Tout de suite, Samantha.

C'était comme si on me laissait enfin souffler après m'avoir contrainte, des années durant, à retenir ma respiration. Voilà que ma chance se présentait d'un coup. Je n'avais qu'à la saisir. Ce moment, j'en avais rêvé, mais sans jamais parvenir à croire que je le vivrais un jour.

— D'accord, lui ai-je répondu dans un murmure. Je pars avec toi. Allons-y tout de suite, avant que j'aie le temps de changer d'avis.

51

Jennifer,

Personne n'est au courant – à part toi.

Doc et moi sommes demeurés longtemps enlacés sur le parking, nous efforçant de calmer notre mutuelle agitation. J'ignorais où nous allions mais, quelques minutes plus tard, nous avions repris la route.

Nous sommes restés blottis l'un contre l'autre pendant tout notre périple. Je tournais et retournais dans ma tête les pensées les plus folles. Que se passerait-il si on nous retrouvait ? Dans quelle mesure cela bouleverserait-il le cours de notre vie ? Doc et moi parviendrions-nous à nous offrir tout un week-end en amoureux ?

Nous roulions depuis huit heures lorsque le panneau « BIENVENUE À COPPER HARBOR, MICHIGAN » a surgi dans la lumière des phares.

— Nous y sommes, a lancé Doc.

J'ai serré sa main de toutes mes forces et je l'ai embrassé. Copper Harbor est un endroit d'une beauté stupéfiante, à la pointe de la péninsule de Keweenaw, qui s'avance dans les eaux du lac Supérieur. Il y faisait frais, pour un mois d'août, et je ne portais qu'un short et une chemise sans manches. Doc a ôté sa veste pour la poser sur mes épaules.

— On est ici à Raptor Lodge. C'est tout petit, mais ça ne ressemble à rien d'autre. Ça fait longtemps que j'avais envie de t'amener ici.

Je me mis à rire.

— Et moi, ça fait longtemps que j'avais envie que tu m'emmènes où tu voudrais. N'importe où. Mais c'est splendide, ici.

Nous sommes entrés pour prendre une chambre. Nous devions avoir l'air très amoureux, et amoureux, Dieu sait que nous l'étions. En général, les couples qui passent leur temps à se cajoler m'agacent. Mais nous ne pouvions pas lutter, c'était plus fort que nous.

Nous avons rejoint notre chambre. Je ne parvenais pas à me détacher de lui. La nuit bruissait de hululements et d'appels, du craquement des brindilles sous les pas des animaux qui se faufilaient dans les broussailles. Plus rien ne comptait à mes yeux, sauf Doc, notre bonheur d'être ensemble et la perspective de vivre avec lui l'instant d'après. Jusque-là, je n'avais connu qu'un seul homme, Charles. Voilà où cela m'avait menée.

Nous sommes arrivés à notre bungalow. Il se

dressait dans le clair de lune, au milieu d'une clairière au sol tapissé d'aiguilles de pins. Doc a tâtonné un peu avant d'enfoncer la clé dans la serrure. J'avais soudain la gorge sèche et les jambes en coton. Il a ouvert la porte et m'a prise dans ses bras.

— Enfin, a-t-il soufflé.

Et il m'a souri.

Nous nous sommes embrassés en nous déshabillant l'un l'autre. Je ne soupçonnais pas qu'un homme soit capable de donner à une femme les caresses et les baisers que Doc me donnait. Si cette lettre te met mal à l'aise, interromps ta lecture et passe à la suivante, mais sache que j'ai vécu dans cette chambre de merveilleux moments. Je fondais littéralement. Les doutes que je nourrissais sur moi-même s'évanouissaient du même coup. Je me sentais soudain sexy, attirante, douée pour les choses de l'amour. Comment aurais-je pu imaginer qu'on puisse prendre autant de plaisir, moi que personne n'avait jamais comblée ? J'étais vivante, pour la première fois, vivante, libre et désirable. Je me découvrais femme et c'était extraordinaire.

Doc a pris mon visage entre ses mains et m'a fixée au fond des yeux.

— Tu n'as pas la moindre idée de la superbe femme que tu es. Je me trompe ?

Ma naïveté avait l'air de le stupéfier.

— Je n'en avais pas la moindre idée, non. Jusqu'à ce que je te rencontre.

52

Jennifer,

Bien sûr, je garderai pour moi les détails croustillants, mais je peux t'assurer que cette nuit passée avec Doc m'a comblée bien au-delà de mes espérances les plus folles. En m'éveillant entre ses bras, je me suis sentie, pour la première fois, à ma juste place en ce monde.

— Bonjour, Samantha. Tu es toujours aussi belle. Aussi belle que cette nuit.

Doc était le seul à m'appeler Samantha.

Nous n'avons pratiquement pas quitté notre bungalow au cours des deux jours suivants. Nous n'en avions pas la moindre envie. Nous avions tout à découvrir l'un de l'autre et nos explorations nous procuraient un plaisir immense. Au milieu de la deuxième nuit, le téléphone nous a réveillés en sursaut.

Je me suis cramponnée au bras de Doc, un peu tremblante. Personne ne savait que nous étions là. Charles était-il parvenu à retrouver notre trace ?

— Parfait. Merci, a lancé Doc dans le combiné.

J'étais complètement éberluée. Pourquoi diable souriait-il, alors qu'on venait de nous tirer du sommeil à presque 2 heures du matin ?

— Habille-toi, Samantha.

Il a attrapé prestement ses vêtements.

— Tu vas adorer. C'est une des raisons qui m'ont poussé à t'amener ici.

Et maintenant, Jennifer, efforce-toi d'imaginer le spectacle qui m'a été offert cette nuit-là.

Nous avons pris la voiture, roulé pendant quelques kilomètres, puis continué notre chemin à pied. Enfin, nous nous sommes assis sur un énorme rocher qui surplombait le lac Supérieur. Je serrais mes genoux entre mes bras. Doc me tenait enlacée. Entre le Canada et nous, il ne restait que le lac dans toute sa paisible étendue. Il n'était pas tout à fait 3 heures du matin.

Nous regardions au loin. Un ruban lumineux d'un vert très vif est venu barrer l'horizon. Puis il s'est élevé lentement jusqu'à se métamorphoser en un rideau diaphane qui s'est mis à chatoyer au-dessus des eaux, ourlé d'une lueur rougeoyante. Des voiles violets et bleus se sont ensuite embrasés. Le ciel semblait parcouru de mille frissons, il dérivait sous nos yeux.

— Quelqu'un a versé de l'alcool dans l'eau du lac, ai-je réussi à articuler. Ou alors j'ai des visions.

Doc s'est mis à rire.

— C'est une aurore boréale. La plupart des gens connaissent de nom le phénomène, mais ils n'ont pas la moindre idée de ce à quoi ça ressemble. Maintenant, nous, on sait, Samantha. C'est sensationnel, tu ne trouves pas ?

Nous vivions des instants inoubliables. Le ciel, dans toute son immensité, semblait se déplacer. Le rideau ondoyant passait au-dessus de notre tête, tandis que des disques brillants tournoyaient comme des soleils de feu d'artifice. Doc m'a expliqué qu'une aurore boréale résultait de l'interaction entre le vent solaire et des molécules de gaz.

— Sous l'effet du choc, le gaz émet de la lumière, dont la couleur dépend de la nature du gaz en question. Les atomes d'oxygène donnent du vert et du rouge. Le bleu et le pourpre sont produits respectivement par l'hydrogène et l'hélium. Avec le sodium, on obtient du jaune. C'est comme un éclairage au néon, mais sans les tubes, des enseignes lumineuses en pleine nature.

Je l'ai étreint en le remerciant à mi-voix. Il s'est contenté de hausser les épaules.

— Je me suis juste arrangé pour qu'on se réveille à temps.

— Je ne veux pas que ça s'arrête.

Mon vœu s'est exaucé car, cette nuit-là, Doc et moi avons fait l'amour au bord du lac, sous le grand ciel scintillant d'étoiles. Autour de nous flottait un parfum de surnaturel. Tous ceux qui gardent au fond du cœur un brin de romantisme feraient bien, comme nous, d'aller contempler un jour ces « enseignes lumineuses en pleine nature ».

Et tant pis s'ils vivent des moments de doute ; qu'ils y aillent quand même.

53

Chère Jen,

Le dimanche matin, je me suis réveillée le cœur gros et plein d'appréhension. J'avais décidé de quitter Charles. J'observais le visage de Doc, encore endormi, ses cheveux blonds où brillaient à peine quelques fils d'argent. J'enregistrais le moindre détail et cela me faisait mal car l'heure était venue, je le savais, de rassembler mes souvenirs.

— Je suis réveillé. Je réfléchissais les yeux fermés.

— À quoi ?

— À tout ce qu'on a fait pendant ce week-end. À toi. Tu es encore plus merveilleuse qu'une aurore boréale.

Je n'avais pas émis la moindre plainte, ni lancé un seul regard accablé. Pourtant, Doc avait deviné ce que j'éprouvais.

— Ne sois pas triste, Samantha. On vient de vivre le plus beau week-end de notre vie.

— Je veux vivre avec toi. Je refuse de rester loin de toi. Je n'en peux plus.

— Tu as lu dans mes pensées. Mais moi, ça fait des années que je cogite. Un pareil bouleversement risque d'avoir des conséquences terribles. Pendant la maladie de Sara, quand on a su qu'elle était condamnée, je lui ai promis d'élever nos fils comme elle aurait aimé le faire elle-même. Et toi, il faudrait que tu demandes le divorce. Charles s'y opposerait, n'est-ce pas ?

J'ai posé un doigt sur ses lèvres, non pour le faire taire, mais parce que je lisais dans ses yeux toute la tristesse que lui inspiraient ses propres paroles.

— Je saurai attendre que tu te sentes prêt. En tout cas, je veux que tu saches à quel point je t'aime. Tu m'as sauvé la vie.

— Je t'aime, Samantha.

Comme ces quelques mots me réchauffaient le cœur !

Nous sommes allés faire nos adieux à M. et Mme Lundstrom, les propriétaires de l'hôtel. J'étais comme hébétée, et le voyage du retour s'est déroulé pour moi dans une sorte de brume. Je n'ai pas lâché la main de Doc de tout le trajet.

Il s'est garé sur le parking d'Alpine Valley Resort. Nous avions un mal fou à redescendre sur terre, nous vivions des instants terribles. Nous sommes demeurés longtemps enlacés dans la voiture, cramponnés l'un à l'autre comme à la vie même.

— Il faut que j'y aille, Samantha, a-t-il fini par lâcher.

— Tu n'es pas encore parti, que tu me manques déjà. Pourvu que je te manque aussi.

— Tu es d'une modestie. Je trouve ça adorable.

Nous nous sommes embrassés encore une fois. J'espérais de tout mon cœur que ce ne serait pas la dernière fois. Blottie entre ses bras, je luttais de toutes mes forces pour ne pas m'effondrer. J'ai réussi à ne pas pleurer.

Le Jeepster m'attendait là où je l'avais laissé. J'ai grimpé dans la voiture. Tout m'y paraissait faux. Nous avons klaxonné pour nous dire au revoir avant de nous engager sur l'autoroute. J'ai laissé Doc filer au loin.

Sur le chemin de Lake Geneva, j'ai songé, pêle-mêle, à l'aurore boréale, à Doc que je venais de perdre de nouveau, à la manière dont j'allais devoir surmonter cette nouvelle épreuve. J'ai pleuré tout le long du trajet.

54

Poussée par le vent, la pluie vint balayer les abords du lac. Je dus abandonner la véranda pour me réfugier dans la maison que les ténèbres engloutissaient peu à peu. La solitude de Sam, sa souffrance, que je découvrais avec stupeur, s'emparèrent de moi tandis que je fermais les fenêtres. Je songeai à Doc, à leurs adieux. Ces pensées me ramenèrent vers Brendan. Où pouvait-il bien se trouver ? Le temps était épouvantable, il allait devoir rouler sous des trombes d'eau.

Je posai les dernières lettres de ma grand-mère sur la tablette de la cheminée. 18 heures dernier délai, me dis-je soudain. J'avais complètement oublié ma chronique.

Je m'enfonçai dans le canapé de velours bleu et j'allumai l'ordinateur portable. Je cliquai sur le dossier dans lequel je consignais mes idées, à mesure qu'elles me venaient à l'esprit. Hélas ! pas une ne valait qu'on lui consacre sept cent cinquante mots. Au bout de quelques heures, enfin, la lumière se fit.

Tout me paraissait à présent si clair que je me demandais pourquoi il m'avait fallu autant de temps pour en arriver là.

Je pris le téléphone et composai un numéro de mémoire.

— Rien à faire, Debbie, je ne suis pas capable d'assurer ma chronique, en ce moment. Et puis, ce serait malhonnête vis-à-vis des lecteurs. C'est très dur à expliquer. D'ailleurs, je n'essaierai même pas.

Mieux valait, dis-je à ma rédactrice en chef, que je prenne un congé exceptionnel. Je ne lui donnai aucune raison. Je préférais me passer de la compassion de Debbie, je n'avais pas la moindre envie de lui décrire les épreuves que Sam, Brendan et moi étions en train de traverser.

À peine eus-je raccroché qu'une bouffée d'angoisse m'assaillit. J'avais l'impression de me tenir au bord d'une falaise, plongeant mon regard dans le néant ténébreux qui s'étendait à mes pieds.

Je devais aller voir Sam, mais dehors sévissait toujours le déluge. On distinguait à peine le lac. Même les arbres qui se dressaient près de la maison disparaissaient derrière un rideau de pluie. Je m'apprêtais tout de même à partir lorsqu'un coup de Klaxon retentit. Brendan, enfin, me dis-je. Je vis s'avancer la Jeep dans l'allée détrempée qui longeait l'arrière des demeures.

Il baissa sa vitre et me sourit. Tous mes tracas s'envolèrent.

— Ça y est, je suis rentré. Il a plu à verse tout le long de la route, depuis Chicago.

L'expression de son visage m'enchantait. Je la tenais, la raison que j'aurais pu fournir à Debbie. Le sourire de Brendan. Je m'accoudai à la portière de la voiture.

— Je peux monter ? J'ai une grande nouvelle. Sam est sortie du coma.

55

Nous étions en route pour l'hôpital.

— Tu vas l'adorer. Sam est bien plus intéressante lorsqu'elle est consciente. Et je suis sûre que tu vas lui plaire. Sinon, elle fera comme si.

Brendan se mit à rire.

— Qu'est-ce qui t'arrive ?

— Rien de grave. C'est juste qu'on m'a raconté une histoire triste et, juste après, tu m'as offert l'un de tes sourires. Drôle de télescopage. En plus, je viens de prendre un congé exceptionnel. Je vais pouvoir jouer les plaisancières, moi aussi !

Dans la chambre de Sam, nous découvrîmes, ébahis, des ballons de baudruche par dizaines, des serpentins qui pendaient du plafond, des corbeilles de fruits et d'éclatants bouquets de fleurs disposés çà et là dans la pièce. De toute évidence, la nouvelle du réveil de ma grand-mère avait déjà fait le tour de Lake Geneva. Qui sait si tout le Wisconsin n'était pas au courant ? Peut-être même les États voisins. Je m'interrogeais, en tout cas : Doc avait-il fait livrer l'une de ces compositions ?

Sam portait une chemise de nuit à rayures bleues, fournie par l'hôpital. Elle avait toujours le teint brouillé, mais on l'avait coiffée et, lorsqu'elle me vit, elle se mit à sourire. Elle était alerte. Pour un peu, on aurait pu croire que tout était rentré dans l'ordre.

— Bonjour, Jennifer. Qui est ce beau jeune homme ?

— C'est Brendan. Je t'ai parlé de lui, mais tu ne dois pas t'en souvenir. Je t'avais prévenue qu'il était mignon.

Brendan lui serra la main

— Bonjour, Samantha.

J'en restai sans voix. Comment était-ce possible ? Doc était le seul à l'appeler « Samantha ».

— Mais je vous connais, non ? Vous ressemblez à... Mais si, vous savez bien...

— Ce ne serait pas à mon oncle Shep, par hasard ?

— Voilà. Bien sûr que vous lui ressemblez.

Brendan redressa le lit de quelques crans et en approcha deux chaises. Sam nous raconta sa journée de manière un peu décousue. Elle se tourna ensuite vers Brendan, un rien égarée.

— Tout va bien, me fit-elle avec un clin d'œil.

Elle poursuivit :

— On m'a révélé que vous étiez un excellent médecin, Brendan. Dans ce cas, pourquoi avez-vous abandonné tout espoir ? Comment pouvez-vous songer à quitter une femme comme Jennifer sans vous battre ?

Brendan eut un mouvement de recul, comme un boxeur touché en plein visage, mais il eut vite fait de se reprendre.

— C'est une excellente question. Je me la pose sans arrêt.

Mon regard croisa celui de Sam. Par quel prodige venait-elle de toucher ainsi le cœur du problème ? Je la remerciai en silence.

— En effet, je suis médecin. Et nous, médecins, avons l'esprit cartésien. Trop parfois. J'ai décidé de profiter du temps qui me reste, du temps qu'il nous reste. Je ne veux pas en perdre un instant. Pas un seul. Vous comprenez ?

Sam plongea son regard dans le sien en hochant la tête.

— C'est une philosophie éminemment respectable. Difficile de la désapprouver.

— Merci.

— Alors ? interrogea ma grand-mère, se tournant vers moi pour mieux revenir à Brendan.

— Alors ? répétai-je.

Je m'obligeai à sourire.

Sam ne lâchait plus Brendan des yeux.

— Alors battez-vous, murmura-t-elle. Je viens bien de le faire.

56

Les jours qui suivirent comptent sans doute parmi les plus beaux de toute ma vie. Je m'efforçais de les vivre « depuis l'aurore jusqu'à ne plus pouvoir garder un œil ouvert ». L'évidence s'imposait, j'avais du temps à rattraper avec Sam et Brendan.

Ce dernier était un homme posé qui aimait prendre le temps de la réflexion, mais il adorait aussi conclure ses raisonnements d'une boutade, souvent à ses dépens. J'aimais sa façon de voir les choses et sa nature généreuse m'apparaissait un peu plus chaque jour. Sans se montrer trop protecteur, il était là dès que j'avais besoin de lui.

Que je le regarde dans les yeux, que je l'observe à la dérobée, je ressentais toujours la cruelle injustice et l'absurdité du sort qui le condamnait. J'aurais voulu qu'ensemble nous discutions de la décision qu'il avait prise, mais il m'échappait sans cesse. Il était bien trop malin pour moi ; et puis j'aurais risqué de nous faire perdre du temps, un peu de ce temps précieux qui nous trouvait unis l'espace d'un été.

Nous allions nager presque tous les jours, y compris lorsqu'il pleuvait. Nous rendions visite à Sam, jusqu'à trois fois au cours de la même journée. Brendan et elle se liaient peu à peu d'amitié. Il faut dire qu'ils se ressemblaient beaucoup. Nous faisions aussi de longues balades et, chaque soir, nous dînions tous les deux.

Il avait beau maîtriser la préparation des *pancakes* à la myrtille, pour le reste, c'était un piètre cuisinier – mais de mauvais qu'il était, il pourrait devenir moins médiocre, affirmait-il, avec un peu de temps et de pratique. Je me chargeais donc des repas ; il mettait la table, puis la débarrassait. Pour bricoler, il enfilait toujours ce tee-shirt de la Croix-Rouge qui lui allait si bien.

Nous adorions danser. Blottie entre ses bras, je savourais ces instants en l'écoutant fredonner *Do You Remember* ou *Let's Spend the Night Together.*

Ballade ou air de rock, ces chansons étaient les nôtres, les mélodies de notre été à l'unisson.

Un dimanche soir que Brendan s'était endormi avant moi, je me relevai pour aller m'installer dans la cuisine avec l'un des derniers paquets de lettres. Je les avais comptées peu avant. Il y en avait cent soixante-dix en tout. La plus longue comportait près de vingt pages, la plus courte tenait en un paragraphe. J'avais déjà dévoré les trois quarts de ce qu'on pouvait à bon droit qualifier d'héritage. Bientôt, j'aurais achevé ma lecture.

Assise à la table, sous la lumière crue du plafonnier, je me plongeai dans une nouvelle lettre.

Chère Jennifer,

Après notre retour de Copper Harbor, la séparation s'est avérée plus pénible encore que je ne l'avais imaginée. Infiniment plus pénible. C'est que nous étions follement épris l'un de l'autre. Nous nous aimions passionnément. Au terme d'une conversation téléphonique que nous avons eue un soir, à l'automne suivant, la conclusion s'est imposée d'elle-même : nous devions à tout prix nous revoir.

Il nous a fallu patienter plusieurs mois. Enfin, Charles a décidé d'aller faire du golf (ou autre chose) en Irlande. Il devait partir en juin et, tandis qu'il organisait son voyage, j'ai mis sur pied celui que j'allais faire avec Doc. J'ai opté pour Holland, sur la rive orientale du lac Michigan.

Comme lors de notre première escapade, nous nous sommes retrouvés sur le parking d'Alpine Valley. Nous nous sommes embrassés avec fougue. On aurait cru deux adolescents. Nous étions tout sourire. Nous avons repris la route ensemble, deux heures durant. Enfin, nous avons pris place à bord d'un ferry. La traversée, qui marquait le véritable début de nos vacances, a duré quatre heures.

Je voulais rester auprès de Doc pour toujours. Appuyés au bastingage, nous regardions les hélices mettre entre nos vies et nous des kilomètres d'écume et d'eau. Nous sommes allés prendre un chocolat au restaurant du bord. Puis nous nous sommes offert, dans une toute petite salle, notre première séance de cinéma commune. Ce jour-là, on donnait La Panthère rose. *Au terme de la traversée, le soleil nous avait déjà rougi la peau et nos cœurs cognaient comme des tambours. L'amour guidait nos pas et ce week-end dans le Michigan s'est avéré plus merveilleux encore que le premier.*

Permets-moi d'abréger un peu, maintenant ; je préfère m'attarder sur les meilleurs moments que j'ai vécus ensuite. Sur les pires, aussi.

L'année suivante, Charles est parti au mois de juillet et, de nouveau, Doc et moi avons profité de son absence pour nous retrouver. Cette fois, nous avons mis cap au nord. Mais Doc m'avait préparé une surprise. Il avait loué une péniche à La Crosse, dans le Wisconsin, là où viennent se mêler les eaux du Mississippi, de la Black River et de La Crosse. Après avoir établi notre itinéraire, nous avons embarqué. Une heure et demie plus tard, nous faisions halte à Wabasha, une petite bourgade du Minnesota. Nous avons fêté l'événement autour d'un faisan rôti, suivi d'une tarte aux pommes.

Jamais je ne m'étais pareillement régalée. Nous nous sommes ensuite dirigés vers la marina de La Crosse où nous avons jeté l'ancre pour la nuit, avant de nous étendre sur notre couchette. Le lendemain matin, nous avons pris une douche sur le pont en poussant des cris suraigus au contact de l'eau. Peu après, nous nous sommes joints à une flottille d'embarcations de toutes sortes venues célébrer, comme tous les ans, la Fête de la Rivière. Le soir, nous avons assisté à un feu d'artifice au son des orchestres qui avaient pris place sur les bateaux. Partout retentissaient des rires d'enfants. J'étais au paradis. J'y suis demeurée quatre jours, au terme desquels je ne pouvais pas me résoudre à redescendre sur terre. Hélas ! il le fallait bien.

Nos quatrièmes vacances ensemble, nous avons décidé de les passer à New York. Neuf mois durant, j'ai attendu le grand jour. Nous avions réservé une chambre au Plaza, d'où nous allions pouvoir admirer Central Park, et nous avions acheté des billets pour deux spectacles de Broadway. Nous devions aussi assister, au célèbre Yankee Stadium, à un match de base-ball. Nous savions même dans quels restaurants nous irions dîner. Nous nous apprêtions à vivre des moments inoubliables.

Dans le salon de l'aéroport O'Hare de Chicago, des clients de Charles, inscrits sur le même vol que nous, m'ont soudain hélée. Je me suis sentie rou-

gir jusqu'aux oreilles et j'ai bien cru que j'allais m'évanouir.

Doc, qui parcourait le New York Times *à quelques mètres de là, m'a vue saluer les Hennessey, à qui j'ai parlé d'une amie que j'étais soi-disant venue saluer avant son départ à bord d'un autre appareil. Ayant compris ce qui se tramait, il s'est prestement éclipsé. Il m'a rejointe dès que la voie a été libre. Nous avons choisi, d'un commun accord, de faire une croix sur New York. J'en avais le cœur brisé.*

— Quel micmac, Stanley, m'a-t-il lancé en imitant la voix d'Oliver Hardy.

Il a fait démarrer la voiture.

— J'ai menti aux Hennessey. Ils vont tout raconter à Charles. Dépêchons-nous de rentrer.

Doc a acquiescé tristement, fait marche arrière pour sortir du parking, et quitté l'aéroport. C'était une matinée splendide, pleine de promesses. Quel dommage ! Je me laissais submerger par une vague de déception, tandis que Doc se faufilait dans les embouteillages.

— J'ai une autre idée, lui ai-je dit.

Il arborait un grand sourire.

— J'en étais sûr, Samantha. De toute façon, je n'avais aucune intention de te ramener chez toi.

57

Jennifer,

Les Lundstrom ont été drôlement surpris de nous voir débarquer chez eux à la tombée de la nuit. Cela dit, ils étaient ravis et, par bonheur, il leur restait des chambres. Notre clé en poche, nous avons suivi, sous la lune, le sentier que nous connaissions bien et qui bruissait de la vie du sous-bois. Je n'avais plus envie que d'une chose : me jeter dans les bras de Doc. Nous avions déjà perdu une demi-journée.

Tout à coup, dans une courbe du chemin, une ombre s'est détachée des buissons pour jaillir devant nous. J'ignorais de quoi il s'agissait, mais l'animal était plus gros qu'un cheval et répandait autour de lui une odeur épouvantable. Pour couronner le tout, il s'est mis à bramer ! Je crois qu'au fond il avait aussi peur que nous. Sans faire le moindre geste, nous l'avons regardé traverser le sentier, puis redescendre la colline clopin-clopant.

— C'est un élan, a soufflé Doc en attrapant la lampe de poche et nos valises.

Sans demander notre reste, nous nous sommes hâtés vers notre bungalow. Bien entendu, nous n'avions pas la moindre envie de dormir. Plus tard au cours de cette « nuit de l'Élan », nous avons fini par rire de notre mésaventure. Puis nous avons convenu qu'à l'avenir, pour éviter ce genre de désagrément, nous passerions tous nos week-ends en amoureux dans la péninsule Nord du Michigan. Peu à peu, nous nous sommes liés d'amitié avec Mike et Marge Lundstrom. Quant au bungalow de Copper Harbor, avec sa cheminée dans la chambre et sa vue sur le lac Supérieur, il est devenu notre refuge.

À Lake Geneva, personne n'était au courant de rien. Personne ne nous a jamais soupçonnés de mener une double vie.

Alors ne t'avise pas, Jennifer, de dévoiler notre secret à qui que ce soit.

Ne l'évoque pas non plus, s'il te plaît, dans l'une de tes chroniques.

Ni dans un livre, le jour où tu en écriras un.

58

Chère Jen,

Les événements dont je vais te parler à présent se sont produits il y a quatre ans, mais je n'avais jamais jusqu'à présent pu m'en ouvrir à toi.

C'était un soir glacé de mars. La neige tombait à gros flocons sur Chicago. Le vent hurlait comme une bête blessée. Ton grand-père et moi allions nous coucher, lorsqu'il m'a demandé d'aller lui chercher une bouteille d'anisette. Il avait une indigestion, m'a-t-il affirmé, et il pensait qu'un verre de liqueur en viendrait à bout. Le remède avait déjà prouvé son efficacité.

Malgré la façon dont il s'était jadis comporté avec moi, j'avais toujours pris soin de lui de mon mieux. Il fallait faire vite, car l'épicerie allait bientôt fermer. Je me suis précipitée dans la neige et le vent. « Sam, celle sur qui on peut compter », aimait à répéter ton grand-père. Dire qu'il se croyait tendre et plein d'égards, lorsqu'il disait cela – ce n'était que de la condescendance.

Lorsque je suis revenue, vingt minutes plus tard, Charles était mort dans son lit.

Rien ne semblait pourtant s'être passé pendant mon absence. Il portait toujours le même pyjama bleu, celui qu'il préférait, un cigarillo finissait de se consumer dans le cendrier et, à la télévision, un journaliste présentait les actualités du soir. Aujourd'hui encore, je reste stupéfaite. Ton grand-père nous a quittés si vite. Une crise cardiaque l'avait emporté, comme un pneu qui éclate précipite brusquement une voiture contre un pylône. Un instant suffit parfois à semer la dévastation.

Personne ne savait qu'il avait le cœur fragile. Lui-même n'avait jamais surveillé son alimentation, il buvait lorsqu'il en avait envie et fumait à sa guise. Malgré tout ce que je t'ai raconté dans ces lettres, nous avions des enfants et des petits-enfants. Et puis, nous avions partagé tant de choses au fil des années. Lorsque j'ai posé les yeux sur son visage à jamais figé, j'ai revu celui du jeune homme qu'il avait été bien des années plus tôt. J'ai retrouvé ce garçon plein d'esprit qui avait fait la guerre, que ses parents avaient négligé et qui s'était battu comme un lion pour se faire une place dans la vie. Je me rappelais combien notre avenir commun m'avait autrefois paru riche de promesses, combien j'avais eu le désir sincère de combler Charles de tout mon amour. Notre histoire semblait bien triste. Mais il arrive que les histoires soient ainsi.

59

Le lendemain matin, j'eus une longue conversation avec Sam. Moments chargés d'émotion, au cours desquels nous évoquâmes Charles, et Doc. Jamais, depuis sa sortie du coma, je n'avais eu un échange aussi passionnant avec elle. Son état s'améliorait chaque jour.

— J'ai lu d'autres lettres, hier soir. Je fais comme tu me l'as demandé, je n'en lis que quelques-unes à la fois. Le récit de la mort de grand-père m'a fait pleurer. Toi, tu as pleuré, ce jour-là ? Tu n'en dis rien, dans ta lettre.

Sam prit ma main dans la sienne.

— Bien sûr que j'ai pleuré. J'aurais pu lui donner tant d'amour. C'est lui qui n'en a pas voulu. C'était un homme intelligent, mais parfois terriblement entêté. Je crois que son père et son oncle lui avaient fait tellement de mal qu'après eux il n'a plus jamais accordé sa confiance à personne. Enfin, je n'en sais rien. Charles n'a jamais voulu me raconter la véritable histoire de sa vie.

Je me laissai envahir par la tristesse et mes yeux s'emplirent de larmes.

— Il a toujours été gentil avec moi, Sam.

— Je le sais bien.

— Il avait son caractère, c'est vrai. Je me souviens aussi de toutes ces règles de conduite qu'il fallait respecter à Chicago, et même ici.

Le visage de Sam finit par s'éclairer.

— Tu parles si je les connais par cœur, les règles de conduite édictées par Charles. Son caractère aussi, j'en sais quelque chose.

Je plongeai mon regard dans le sien. J'avais besoin de comprendre.

— Pourquoi tu ne l'as pas quitté, alors ?

Elle se contenta de sourire.

— Lis les lettres jusqu'au bout et on en reparlera. N'oublie pas : ces lettres ne me concernent pas seulement – elles parlent aussi de toi, ma chérie.

Je ne pus m'empêcher de rire.

— Ça fait partie des règles de Sam, c'est ça ?

— Il ne s'agit pas des règles. Disons que j'ai suivi un autre chemin. Ce que tu lis est ma vision des choses.

— Mais tu ne veux pas me dire qui est Doc, n'est-ce pas ?

— Je ne te le dirai pas, non. Lis les lettres. Tu devineras peut-être toute seule.

60

Brendan et moi avions pris l'habitude d'aller nager presque tous les soirs, juste avant la tombée de la nuit. Ce soir-là, j'arborais un maillot de compétition bleu, rehaussé de motifs rouges. J'avais tout d'une championne. Brendan portait un boxer-short qui lui allait à ravir.

— Tu es drôlement bien roulé, dis donc. C'est un peu sexiste, comme remarque, non ? Oh, et puis zut !

— Toi, tu es magnifique.

Il s'assombrit soudain – cela ne lui ressemblait pas.

— Tu es une femme merveilleuse, Jennifer.

Depuis combien de temps n'avais-je pas entendu de tels compliments ? Je commençais même à y croire à demi. En tout cas, ils m'allaient droit au cœur. Qui pourrait prétendre que les éloges le laissent de marbre ? Cameron Diaz est peut-être lasse des louanges de ses admirateurs. Moi, j'étais loin de m'en fatiguer.

— Vraiment superbe, Jen. Tu aurais pu faire du cinéma.

— N'exagère pas non plus. Tu ferais mieux de t'en tenir là.

— Je dis ce que je pense. Ça n'engage que moi. Cela dit, d'autres hommes à ma place…

— Là, tu exagères vraiment.

— Ce n'est pas ma faute si j'ai devant moi la plus jolie fille du monde.

Je secouai la tête.

— Non, Brendan. Tu en fais vraiment trop. Inutile de pousser le bouchon.

— La plus jolie fille du lac, alors ?

Je haussai les épaules sans pouvoir réprimer un sourire.

— Pourquoi pas. Mais alors tout de suite, tant qu'il n'y a pas un chat sur les berges.

— Vendu. Je te sacre « plus jolie fille du lac » !

Sur quoi Brendan se rua sur le ponton en poussant le rugissement le plus terrible que j'aie jamais entendu. On aurait presque dit un hurlement de douleur. Il plongea avant moi.

Je le suivis d'une demi-seconde.

— Le dernier à atteindre la bouée ! me cria-t-il en se retournant.

— Le dernier à atteindre la bouée – quoi ?

— Le dernier à atteindre la bouée est le pire nullard de toute la terre !

— Tu recommences à exagérer !

— Le pire nullard de tout Lake Geneva, alors !

— C'est parti !

Nous nous lançâmes dans une brasse enragée. Je nageais bien. J'allais perdre, bien sûr, mais l'écart entre nous s'avérait sans doute moins important que d'habitude. Ce serait déjà une fameuse victoire. Enfin, j'atteignis la bouée. À ma grande surprise, Brendan me rejoignit quelques secondes plus tard. Je lui éclaboussai le visage et les cheveux.

— Ce n'est pas du jeu ! Tu m'as laissée gagner !

Il me dévisagea. Je devinai une ombre derrière son sourire.

— Non, Jennifer, je ne t'ai pas laissée gagner.

61

Le lendemain, il tombait des cordes et Brendan s'éclipsa pendant plusieurs heures. Je commençais à m'inquiéter sérieusement. J'avais peur qu'un jour il ne revienne pas de ses escapades, qu'il s'évanouisse au volant. Je redoutais le pire. Lorsqu'il reparut ce jour-là, vers 16 heures, la pluie diminuait. Du ciel ne tombait plus qu'une bruine légère.

Impatiente de le retrouver, je me précipitai pour l'embrasser par la fenêtre ouverte de sa voiture. J'étais heureuse comme une reine.

— Où étais-tu ? Quand je me suis réveillée, vers 7 heures, tu étais déjà parti.

— J'avais rendez-vous chez mon médecin, à Chicago. Toi, tu ronflais comme un sapeur. J'ai préféré te laisser dormir.

Je fis la moue.

— Je ne ronfle pas.

— Bien sûr que non.

Il me décocha l'un de ses fameux sourires. Je ne le tenais pas quitte pour autant.

— Et que t'a dit le médecin ? insistai-je.

Brendan battit des paupières. Manifestement, il cherchait ce qu'il allait bien pouvoir me répondre.

— La tumeur grossit. Ce n'est pas la meilleure nouvelle de la journée, mais il fallait s'y attendre.

Il posa une main contre sa joue gauche et pianota sur sa pommette.

— Je perds peu à peu de ma mobilité. Mon visage s'engourdit. Mes doigts, là, je ne les sens plus.

Je lui caressai la joue.

— Excuse-moi, mais tes doigts, je ne les sens pas non plus. Cela dit, j'adore que tu me caresses. J'adore tout de toi, Jennifer. Ne l'oublie jamais.

Il trébucha en descendant de sa Jeep. Il avait failli tomber. Je n'en croyais pas mes yeux. Quelle affreuse journée il devait avoir passée. Il trouva pourtant la force de me sourire avant de m'effleurer la joue du bout des doigts.

— Il faut que je fasse un somme. Je vais rentrer chez Shep. À tout à l'heure.

— Tu es sûr que ça va ?

J'aurais voulu lui prendre le bras, le soutenir, mais je craignais de le froisser.

— Mais oui, c'est juste que je suis fatigué. Ça va, j'ai simplement besoin de me reposer.

Il n'était que 16 heures, mais je m'allongeai sur le lit avec Brendan. Je tenais à demeurer près de lui, je voulais sentir son corps contre le mien et lui montrer que j'étais là s'il avait besoin de moi. J'étais terrifiée ; pour la première fois peut-être, je comprenais que j'allais bientôt le perdre et cette idée m'était insupportable.

— Merci, souffla-t-il. Je suis crevé.

Il sombra aussitôt.

Il dormit par à-coups, serrant les poings à plusieurs reprises dans son sommeil. Au bout d'une quinzaine de minutes, il ouvrit tout grands les yeux et me regarda, hébété.

— J'ai piqué un roupillon, hein ? On aurait dit que je dégringolais du haut d'une falaise.

Je lui demandai s'il avait mal quelque part. Pour toute réponse, il m'envoya lui chercher un flacon de comprimés dans la poche de sa veste. Lorsque je revins dans la chambre, le lit était vide. Brendan était en train de vomir dans la salle de bains. Je me sentais perdue, mal préparée à affronter de telles épreuves. Il m'avait certes prévenue à plusieurs reprises que son état risquait d'empirer d'un coup, mais j'avais préféré ne pas y croire.

— Ces cachets risquent de m'assommer complètement, me dit-il en sortant de la salle de bains. Je vais dormir. Tu n'as qu'à rentrer. S'il te plaît. Fais-moi plaisir. Je t'aime de tout mon cœur. Et tu es vraiment la plus jolie fille du monde, pas seulement de Lake Geneva. Allez, rentre chez toi.

Pourquoi me congédier ainsi ? Mais je ne pouvais ni ne voulais insister. Je l'embrassai sur le front, puis la joue. Enfin, j'effleurai ses lèvres.

— Ça, je l'ai bien senti, fit-il en souriant.

Je déposai un nouveau baiser sur sa bouche.

Puis un troisième.

J'aurais voulu ne jamais cesser de l'embrasser.

62

L'angoisse ne desserra pas son étreinte de toute la nuit. Comme Shep avait regagné son appartement de Chicago, je passai voir de temps à autre si Brendan n'avait besoin de rien. Je finis par m'endormir chez Sam. Après tout, il m'avait clairement fait comprendre qu'il préférait rester seul. Je devais respecter sa volonté.

Lorsque je m'éveillai dans ma chambre de jeune fille, le soleil perçait à travers le voile des rideaux. Mes premières pensées furent pour Brendan. Je songeai qu'il allait bientôt mourir et que je n'y pouvais absolument rien.

J'attendis qu'il pousse son grand cri du matin. Puis les derniers événements me revinrent en mémoire. Je l'avais laissé chez Shep, abruti par les analgésiques. Je m'extirpai du lit avant d'enfiler les premiers vêtements propres qui me tombèrent sous la main, un pantalon de toile et un tee-shirt blanc. Je fourrai mes pieds nus dans des tennis et descendis à la cuisine.

Je vérifiai par la fenêtre : pas le moindre braillard en tenue d'Adam à l'horizon.

La carrosserie de la Jeep rutilait dans l'allée. Brendan n'avait pas bougé. Je me rendis chez Shep pour préparer le petit déjeuner.

J'entrai dans la maison par la porte de derrière demeurée ouverte et j'appelai Brendan en inspectant les pièces du rez-de-chaussée. Je me précipitai dans sa chambre. Elle était vide. Sur le lit refait, on avait jeté un joli couvre-lit en coton blanc.

Il me fallut quelques secondes pour comprendre. Brendan n'était pas dans la maison. Ses effets personnels avaient également disparu.

Je me jetai vers la porte qui donnait, à l'étage, sur le balcon dont il venait de teinter et imperméabiliser le plancher. De là-haut, j'examinai la cour et ses environs. Il n'était nulle part.

Une bouffée de terreur m'envahit. Je tâchai de la réprimer. Shep, lui, en saurait peut-être plus. Je redescendis quatre à quatre les marches cirées pour me précipiter sur le téléphone de la cuisine en continuant de jeter les yeux partout.

C'est alors que je découvris une poignée d'indices qu'on avait visiblement semés pour moi sur le plan de travail. Une enveloppe blanche, un trousseau de clés et une carte de visite professionnelle ornée d'un oiseau rouge y reposaient.

Sur la carte étaient imprimées les coordonnées d'une compagnie de taxis de la région.

Les clés étaient celles de la Jeep.

Quant à l'enveloppe, elle était libellée à mon nom. Je sentis, en la prenant, qu'elle contenait un objet. J'arrachai le rabat. La montre de Brendan glissa dans le creux de ma main. Mon cœur s'arrêta de battre.

Il y avait aussi une lettre.

63

Chère Jennifer,

Il est un peu plus de 5 heures du matin, j'attends le taxi qui va me conduire à l'aéroport. Tu n'imagines pas combien je me sens seul. Je sais que de tels adieux vont te faire souffrir mais, je t'en prie, écoute tout ce que j'ai à te dire avant de me juger. J'écris tant que je suis encore capable de le faire, car je tiens à ce que tu saches certaines choses. Je veux te faire le moins de mal possible et il me semble avoir fait le bon choix. C'est en tout cas le seul que j'envisage.

Souviens-toi, lorsque nous étions enfants, nous ne vivions que pour l'été. Je me réjouissais, dès le début du mois de mai, de voir les jours allonger. J'espérais que le soleil bondirait en plein ciel et que, comme dans les régions polaires, il ferait jour des mois durant. Puis juin arrivait et les journées, en effet, n'en finissaient plus. Mais dès juillet, l'obscurité reprenait ses droits. Il fallait bien accepter l'alternance de l'ombre et de la lumière.

De la même façon, Jennifer, j'ai souhaité de

toutes mes forces qu'on nous accorde plus de temps pour faire tout ce que nous avions prévu de faire ensemble. J'ai prié pour cela. J'aurais voulu qu'un été sans fin nous unisse. Hélas ! les ténèbres reviennent immanquablement pour tout ensevelir. La vie est ainsi faite.

Mais je suis sûr d'une chose : les moments que nous aurons passés tous les deux sont ce qui m'est arrivé de plus beau. Je tiens à garder intacte la splendeur de ces instants-là. Si tu savais combien je t'aime, Jennifer. Je t'adore. Je n'exagère pas. Tu es ma source d'inspiration. J'espère de tout mon cœur que tu me pardonneras car, crois-moi, te quitter ce matin m'est presque insupportable. Je dois te quitter avant d'avoir nagé avec toi, te quitter avant d'avoir dévoré en ta compagnie nos pancakes *à la myrtille. Te quitter, voilà bien la chose la plus difficile que j'aie eu à faire de toute ma vie. Mais je pense, au plus profond de moi, avoir pris la bonne décision.*

Je t'aime si fort que le seul fait d'y songer me déchire. Je t'en prie, crois-moi, je suis on ne peut plus sincère.

Tu es ma lumière, mon été sans fin.

Brendan.

Troisième partie

Quitter Lake Geneva

64

J'achevai ma lecture. J'avais peine à respirer et les larmes ruisselaient le long de mes joues. Je ne pouvais m'empêcher de penser que, d'une certaine manière, Brendan était parti à cause de moi. De même qu'à cause de moi Danny était mort seul à Hawaii. Je passai la montre à mon poignet avant d'appeler le cabinet de Shep, à Chicago. Je dis à son assistante que j'avais besoin de lui parler. Je reconnus enfin la voix familière et apaisante de l'oncle de Brendan.

— Il est parti, parvins-je à articuler.

— Je sais, Jen. Nous nous sommes parlé ce matin. C'est mieux comme ça.

— Bien sûr que non. Expliquez-moi ce qui se passe, je vous en prie. Qu'a-t-il décidé de faire ?

Shep bredouilla, puis me répéta en substance ce que Brendan m'avait exposé dans sa lettre. Qu'il voulait m'épargner le stade final de sa maladie. Qu'il m'aimait, qu'il était effondré de devoir me quitter. Et qu'il avait peur.

— Il faut que je le voie, Shep. Notre histoire

ne peut pas se terminer de cette manière. Je n'ai pas l'intention de renoncer. J'irai vous relancer jusque dans votre bureau de Chicago, s'il le faut.

Shep poussa un lourd soupir :

— Je comprends ce que tu ressens, mais Brendan m'a fait promettre de ne rien te dire. Je lui ai donné ma parole.

— Il faut absolument que je le voie. Pourquoi n'aurais-je pas, moi aussi, mon mot à dire ? Il a pris sa décision sans me parler de rien, je trouve ça injuste.

Un long silence s'imposa. Je craignais que Shep ne me raccroche au nez. Enfin, il reprit la parole.

— J'ai promis. Tu me mets dans une position intenable. Oh ! et puis après tout... Il est parti pour la clinique Mayo.

Je n'en croyais pas mes oreilles.

— Il va entrer à l'hôpital ?

— À Mayo, ce sont les meilleurs. On l'opère demain dans la matinée.

65

La nausée me prit, comme je l'avais éprouvée un an et demi plus tôt lorsque je m'étais rendue à l'hôpital d'Oahu pour reconnaître le corps de Danny. Cette fois, je filais plein sud sur l'autoroute 94, avant de bifurquer sur la 294 en direction de O'Hare.

J'appelai Sam sur mon téléphone portable pour tâcher de lui résumer la situation. Une vraie battante, commenta-t-elle, elle se sentait très fière de moi. Nous fondîmes en larmes.

J'embarquai à bord d'un vol à destination de Rochester, dans le Minnesota. J'avais la mine défaite, les traits tendus, les yeux gonflés et tout rouges.

Une heure et demie plus tard, je me trouvais au volant d'un véhicule de location, en route pour la clinique Mayo. Je comptais bien y retrouver Brendan. De toute façon, je voulais qu'il y soit, puisqu'il s'agissait d'un des centres anticancéreux les plus réputés au monde.

66

Au-delà d'une porte à tambour en verre, je me retrouvai dans l'immense hall vert clair de l'aile Sainte-Marie de la clinique Mayo. Les murs étaient habillés de marbre et des colonnes se dressaient çà et là. C'était donc ici que Brendan allait subir son intervention chirurgicale. Au bureau des admissions, j'expliquai qui j'étais et je demandai à me rendre dans sa chambre.

On me répondit que le Dr Keller était passé plus tôt dans la journée pour effectuer les formalités d'admission. Il devait se présenter le lendemain matin à 6 heures. Il ne se trouvait plus dans l'établissement.

La déception dut se peindre sur mon visage, car la jeune employée de la réception ouvrit un classeur, parcourut une liste du bout de l'index, puis releva la tête vers moi.

— Il a dit que quelqu'un viendrait peut-être.

Je ne savais pas quoi répondre.

— Eh bien je suis venue. Je suis là.

— Le Dr Keller est descendu au *Colonial Inn*. C'est au 114, 2e R sud-ouest.

Elle m'indiqua comment m'y rendre. Je repris aussitôt la route. Le temps filait à toute allure. Hélas ! je ne tardai pas à me retrouver prisonnière d'un embouteillage. Je finis par m'en échapper. Jamais je n'aurais cru voir un pareil bouchon à Rochester, même aux heures de pointe. Quelques minutes plus tard, j'approchai du *Colonial Inn*. Je tremblais comme une feuille.

Je frappai à la porte de la chambre 143. En vain.

— Brendan, je t'en prie. J'ai fait tout ce chemin pour toi. C'est Jennifer… tu sais, la plus jolie fille de Lake Geneva.

La porte s'ouvrit lentement et l'imposante silhouette de Brendan se découpa dans l'encadrement. Il avait l'air solide comme un roc. Ses yeux étaient aussi bleus qu'un ciel du nord en plein mois de juillet. Il ouvrit les bras et m'attira contre sa poitrine.

— Salut, Scout, chuchota-t-il. La plus jolie fille de Rochester.

67

— Je t'en ai voulu, tu sais, finis-je par reconnaître en me serrant contre lui.

— Tu m'en veux encore ?

— Disons que ton charme est en train d'opérer.

— Ah bon ? J'ai du charme ?

— Il fait partie de toi. C'est un petit quelque chose au fond de tes yeux bleus.

Nous restâmes quelques instants enlacés à l'entrée de la chambre. Puis je vis les paupières de Brendan devenir lourdes et ses mouvements se ralentir. Il tremblait un peu. Devait-il ces symptômes aux antalgiques ou aux ravages de la tumeur ? Nous nous assîmes sur le canapé. Je lui ébouriffai les cheveux.

— Tout va bien, maintenant ? me demanda-t-il.

— Super.

— Qu'est-ce que tu m'as manqué !

Nous nous embrassâmes.

Il se renversa contre le dossier et fixa le plafond.

Il semblait soudain très loin de moi, perdu dans ses pensées.

— Tu veux connaître le programme ?

J'acquiesçai d'un hochement de tête. Il savait désormais que je ne l'abandonnerais pas.

Il posa sa main sur mon genou.

— Il faut que je sois à l'hôpital à 6 heures tapantes. Adam Kolski m'opère à 7 heures. C'est un bon chirurgien.

— Un bon chirurgien ?

— Un excellent chirurgien. Un dieu du bistouri, même.

Un irrésistible sourire éclaira soudain son visage.

— Tu penses bien que je m'offre ce qu'il y a de mieux.

— On dirait.

Enfin, je me déridai à mon tour.

— Je te préviens. Après-demain, j'aurai l'air d'avoir foncé la tête la première dans un mur de briques. Si tout se passe bien. Je n'ai plus qu'à compter sur mon charme, ce petit quelque chose au fond de mes yeux.

— J'aime tout de toi. Et je t'aime très fort pour ce que tu vas accomplir demain.

Brendan m'embrassa une nouvelle fois. Je me sentais fondre. Tout à coup, il décréta :

— Allez, on sort. Je vais te faire visiter Rochester. Oui, c'est un rendez-vous galant.

68

Un rendez-vous. C'était adorable et cela me ramenait à tout ce qui nous unissait, Brendan et moi. Tous deux débordants d'énergie, nous nous passionnions pour les mêmes choses, possédions en commun de nombreux centres d'intérêt ; nous partagions le même humour idiot. Il est pourtant si difficile de découvrir l'être idéal. La tâche paraît parfois tellement impossible. Pour certains, elle le demeure à jamais.

Je pris le volant. Brendan jouait au copilote. À cinq ou six kilomètres de l'hôtel, non loin de la clinique, il me dit de me garer dès que je trouverais une place. La petite rue dans laquelle nous roulions était pleine de monde ; chose curieuse pour un soir de semaine.

— Qu'est-ce qu'il y a dans cette rue ?

— Le *Stephen Dunbar*, un pub. C'est là que je venais me défouler avec mes copains, quand j'habitais Rochester. Et c'est là que j'ai décidé de t'emmener pour notre rendez-vous.

— Dans un bar ?

Il hocha la tête.

— Mieux vaut sans doute que je ne boive pas, ce soir. Par contre, j'aurais bien besoin de danser.

Le bar n'était pas bondé. Dans une atmosphère plutôt chaleureuse, quelques couples se balançaient sur *Under the Bridge*, une ballade des Red Hot Chili Peppers dont je raffolais.

Brendan m'enlaça aussitôt.

— J'aime bien cette chanson, murmura-t-il contre ma joue. Et j'adore danser avec toi.

» Merci d'avoir placé Jennifer sur mon chemin. J'ai découvert la femme idéale. Elle représente tout ce dont j'ai toujours rêvé.

On aurait dit une prière.

— Je t'ai vu prier, une fois, dans la cuisine, lui avouai-je.

— Je Lui disais exactement la même chose que ce soir. Je Lui ai répété ça tout l'été.

Nous dansâmes sur tous les slows qui s'échappaient du juke-box, continuant même à tanguer doucement au son d'airs plus entraînants. Je ne voulais plus laisser Brendan s'échapper de mes bras. Plus jamais.

— Tout est pour le mieux dans le meilleur des mondes, déclara-t-il. Je sors avec la femme de ma vie dans la ville où j'ai fait mes études et je l'emmène dans mon ancien Q.G.

Je l'aimais si fort, je me sentais si proche de lui, que ce qui allait lui arriver le lendemain matin me paraissait tout bonnement impensable. Je ne voulais pas qu'il subisse une telle épreuve. Mes yeux s'emplirent de larmes.

— Tu es trop mignon. Arrête.

— Mignon comme un filet !

Il salua sa plaisanterie d'une grimace. Brendan était capable de rire de tout. Même du drame qu'il vivait en ce moment.

Nous dansâmes encore, sur une chanson de Smokey Robinson.

— Une fois que tout ça sera loin derrière nous, me dit-il, nous partirons en voyage. Je n'ai jamais vu Florence ni Venise. Il y a aussi la Chine, l'Afrique – il y a tellement d'endroits à découvrir, Jen.

Je me remis à pleurer.

— Pardon, je ne peux pas m'en empêcher. Je n'ai pas la larme si facile, d'habitude.

— C'est une soirée pleine d'émotions, figure-toi. Embrasse-moi. Ne t'arrête pas. Embrasse-moi jusqu'à l'opération.

Il fallut pourtant regagner le *Colonial Inn* où j'imaginais que Brendan allait s'écrouler comme une masse. Il n'en fut rien.

— « Depuis l'aube... », commença-t-il.

— « ... jusqu'à ne plus pouvoir garder un œil ouvert », terminai-je.

Nous finîmes par nous endormir dans les bras l'un de l'autre vers 3 heures du matin. Nos doigts étaient restés entrelacés et j'avais posé ma tête sur sa poitrine. Avant de sombrer, je songeai qu'il aurait fallu que les choses demeurent telles qu'elles étaient en cet instant. En cet instant précis. Et pour de nombreuses années.

C'est alors que la sonnerie du réveil retentit.

69

Brendan se pencha vers moi pour déposer un baiser sur mes lèvres. Il était déjà fin prêt.

— C'est l'aube. Tu viens te baigner dans le lac ?

— Ne plaisante pas. Pas maintenant. Même si c'est drôle.

— Mes chances de survie à trois ans, avec le GBM, sont inférieures à...

Je l'interrompis.

— Bon d'accord, je t'autorise à plaisanter.

Je roulai de l'autre côté du lit pour l'embrasser.

— Je t'aime.

— Je t'aime aussi. Je t'ai aimée dès la première fois où je t'ai vue au bord du lac. Tu étais, et tu es toujours, la plus jolie fille du monde. Du monde, tu as compris ?

— Compris, répondis-je en esquissant un sourire. De toute façon, ça n'engage que toi.

— Exact. Mais sur ce coup-là, j'ai raison.

Moi qui croyais maîtriser mes émotions, ce fut un détail infime qui, soudain, me bouleversa. Je remarquai que les mains de Brendan tremblaient beaucoup, tandis qu'il se penchait pour ajuster ses chaussures neuves. Elles ressemblaient à s'y méprendre à ses tennis habituelles, à ceci près que celles-ci portaient des scratchs en Velcro. Brendan n'était plus capable de nouer ses lacets.

Il leva les yeux vers moi, surprit mon regard et lança :

— Je les adore, ces chaussures.

Une image me traversa l'esprit. Je revis sa brasse puissante dans les eaux du lac, par un de ces matins d'été. Et voilà qu'il n'était plus capable de nouer ses lacets. J'avais mal pour lui. Il savait en outre ce qui l'attendait, le cortège de souffrances, les terribles effets secondaires et, peut-être, au terme du parcours, la mort.

Je l'enlaçai.

— Tout va bien se passer.

Il le faut, ajoutai-je en pensée.

Moins de vingt minutes plus tard, nous quittions l'hôtel dans la lumière à peine voilée du petit matin. Brendan s'arrêta, un bras sur le toit de la voiture. Il paraissait en excellente santé. Il observa l'enseigne au néon d'un pub, puis l'église qui se dressait de l'autre côté de la rue. On aurait dit qu'il tâchait d'enregistrer les moindres détails de la scène, y compris les plus banals.

— Un pub charmant, une église charmante, une fille plus que charmante.

Il s'installa, avec un brin de raideur, sur le siège passager. J'entendis le « clic » de la ceinture de sécurité. Il était prêt à entreprendre le voyage de sa vie.

— En route pour la gloire, lança-t-il.

Une fois n'étant pas coutume, nous ne bronchions ni l'un ni l'autre. Il ne nous fallut que quelques minutes pour atteindre le parking de la clinique. Un ascenseur nous monta au premier étage de l'aile Sainte-Marie. Nous suivîmes un couloir orné de vitraux pour gagner le bâtiment où Brendan allait être admis, puis opéré.

Il s'arrêta et posa les mains sur mes épaules. Il se pencha vers moi pour venir planter son regard dans le mien.

— Je crois bien que je suis à court de bons mots, Jennifer. Ça t'embête si je te redis que je t'aime ?

— Non. Vas-y, je t'en prie.

Continue de parler, implorai-je en silence, ne me laisse pas toute seule.

— Je t'aime plus que tout, Jennifer. Quel que soit ce qui va se passer maintenant, je tiens à te dire que tu as été géniale. Tu m'as donné du courage, beaucoup plus que tu ne le crois. Tu as fait tout ce qu'il était possible de faire et maintenant… Jennifer ?

— Je sais, parvins-je à articuler. J'ai compris.

Je le serrai entre mes bras. Je fermai très fort les

yeux, mais rien à faire, les larmes roulaient sur mes joues.

— Tu me laisses pleurer sans rien dire ?

— Parce que je pleure aussi.

Je levai les yeux. Il avait le visage presque aussi défait que le mien. Il se pencha vers moi pour m'embrasser sur les joues, les yeux, puis la bouche. Je raffolais de ses baisers. J'aimais tout, en lui. Je ne voulais pas qu'il parte.

— Le temps file toujours trop vite. Il faut que j'y aille, je suis déjà en retard.

Lorsque nous atteignîmes le cinquième étage, l'infirmière du bureau des admissions, une femme corpulente aux bras tavelés de taches de rousseur, parcourut un tas de papiers avant d'appeler un garçon de salle. Celui-ci parut aussitôt, poussant un fauteuil roulant. L'abominable pensée que j'avais jusque-là chassée loin de moi jaillit dans mon esprit. Et s'il s'agissait de la dernière fois que je voyais Brendan ? Notre histoire se terminait peut-être là.

— Je t'aime ! Je t'attends ici. Je ne bougerai pas d'un pouce.

— Je t'aime, Jennifer. Comment pourrait-on ne pas être amoureux de la plus jolie fille du monde ? On va se revoir, d'une manière ou d'une autre.

Il me décocha l'un de ses merveilleux sourires et leva les deux pouces, tandis que le garçon de salle l'entraînait vers le service de chirurgie. Il lâcha alors son célèbre cri d'avant la baignade.

J'applaudis en riant.

— Salut ! lui lançai-je.

Il se retourna, me sourit de nouveau.

Juste avant de disparaître de ma vue, il me hurla « salut » à son tour.

70

« Salut. » Pourvu qu'il ne s'agisse pas d'un adieu !

Je me laissai glisser sur un siège capitonné, dans le couloir de la salle d'attente. Je tâchai de visualiser en pensée l'intervention chirurgicale qui se déroulait six étages plus bas. C'est alors que Shep arriva, accompagné des parents de Brendan, que je ne connaissais pas encore.

— Il ne voulait pas qu'on vienne, me confia sa mère. Il fait tout pour qu'on se tracasse le moins possible. En tout cas, c'est ce qu'il croit.

— Ça a toujours été sa méthode, renchérit son père. Lorsqu'il s'est fracturé la main, à l'université, il ne nous en a parlé qu'une fois qu'il a été pratiquement guéri. Moi, c'est Andrew. Et je vous présente Eileen.

Nous nous embrassâmes. Les parents de Brendan fondirent en larmes. Ils adoraient leur fils. Je me sentais émue.

La journée s'étirait avec une insupportable lenteur, les heures nous paraissaient des siècles. Je consultais la montre de Brendan toutes les cinq ou dix minutes ; on aurait dit que les aiguilles s'étaient arrêtées. Andrew essayait de plaisanter – tel père, tel fils. « À quoi reconnaît-on un informaticien extraverti ? C'est le bout de *vos* chaussures qu'il regarde. » C'était ma préférée.

D'autres visiteurs entraient et sortaient de la salle d'attente. Tous affichaient des mines inquiètes, quelques-uns, même, pleuraient. Sur l'écran de télévision défilait l'interminable flot des informations.

Tandis que nous patientions tous les quatre, je m'interrogeais. Shep pouvait-il être Doc ? Mais il n'avait pas élevé seul ses enfants. Ce n'était donc pas lui. Ou alors, Sam m'avait bernée.

Vers 16 heures, j'allai faire un tour. Je marchai jusqu'au jardin de la Paix, qui s'étendait dans l'enceinte du bâtiment. Des fleurs aux couleurs éclatantes s'épanouissaient sur le carré de pelouse, dont le centre était occupé par une statue de saint François. Un carillon retentit. Les cloches jouèrent une jolie version de *Amazing Grace*, un negro spiritual. Je m'agenouillai et me mis à prier pour Brendan. Puis j'appelai Sam pour lui raconter notre journée.

Je regagnai la salle d'attente pour voir apparaître, dix heures après avoir laissé Brendan aux mains des chirurgiens, un jeune docteur au visage d'ange encadré de cheveux noirs. Il se présenta :

Adam Kolski. On l'aurait pris aisément pour un étudiant en médecine. Pour ce qui est du « dieu du bistouri », j'avais peine à y croire.

Je tâchai de déchiffrer son expression, mais mes réflexes de journaliste s'avéraient passablement émoussés, ce jour-là.

— L'intervention s'est déroulée aussi bien que possible. Brendan a survécu.

71

Les visiteurs n'étaient autorisés à passer que cinq minutes auprès des patients de l'unité de soins intensifs. Le service ne recevait en outre qu'une personne à la fois. Après que les Keller, puis Shep, se furent rendus au chevet de Brendan, j'entrai dans sa chambre. Adam Kolski m'accompagna pour voir son malade.

— Il va mieux qu'il n'en a l'air, me rassura-t-il.

Brendan était inconscient. Sous le bandage serré autour de sa tête, son visage avait viré au bleu et au noir. Son médecin m'expliqua qu'on l'avait intubé par précaution, afin que les machines prennent le relais si jamais il ne parvenait plus à respirer seul.

Un tube sortait de son nez, un autre de sa gorge ; un cathéter courait jusqu'à une poche pendue sous son lit ; les perfusions distillaient dans ses veines une solution saline et des sédatifs. On lui avait collé des électrodes un peu partout sur le corps, afin de surveiller ses constantes, visualisées sur plusieurs écrans de contrôle ; à l'un de ses bras, le brassard d'un tensiomètre se gonflait puis se dégonflait à intervalles réguliers.

— Il est vivant, murmurai-je. C'est tout ce qui compte.

Le Dr Kolski me tapota l'épaule.

— Il est vivant, en effet. Il a fait ça pour vous, Jennifer. Il m'a dit que vous en valiez largement la peine. Parlez-lui. Vous êtes sans doute le meilleur traitement qu'il puisse recevoir en ce moment.

Il quitta la pièce. Je me retrouvai seule au chevet de Brendan. J'ôtai la montre qu'il m'avait léguée pour la lui passer doucement au poignet, juste au-dessous du bracelet plastifié sur lequel on avait inscrit son nom. Je serrai ses doigts entre les miens et me penchai vers son visage dans l'espoir qu'il entende ma voix.

— Je suis là. Tu sais, j'ai aimé chaque instant de l'été que nous venons de passer ensemble. Mais cet instant-ci, je le chéris plus que tous les autres.

72

Les cinq précieuses minutes qu'on m'avait accordées auprès de Brendan filèrent plus vite qu'une poignée de secondes. Je ne lâchais pas sa main, mais une infirmière aussi courtoise qu'intraitable finit par me mettre dehors. Je regagnai la salle d'attente, un peu chancelante.

Shep et les Keller me proposèrent de sortir dîner avec eux, mais j'étais trop épuisée pour les suivre, tant physiquement que moralement. Et puis je ne pouvais pas abandonner Brendan maintenant. Dès qu'ils eurent quitté la pièce, je m'effondrai dans un fauteuil et laissai libre cours à mes émotions. J'éclatai en sanglots. Je m'étais contenue depuis le matin. Enfin, je pouvais m'épancher. Une multitude de voix et de pensées se bousculaient dans ma tête. Brendan pouvait mourir bientôt, je le savais. On tâcherait de me consoler. « Tu es encore jeune, Jennifer, me dirait-on. Tu souffres, mais il faut que tu ailles de l'avant. Ne ferme pas ton cœur à l'amour. »

Je ne fermais pas mon cœur à l'amour, puisque

j'aimais Brendan. Non, je ne fermais pas mon cœur à l'amour, mais où m'avait-il menée, cet amour-là ? Je m'essuyai le visage avec un mouchoir, puis fixai les rangées de chaises vides, sous la lumière crue de la salle d'attente. Dehors, la route charriait un flot ininterrompu de véhicules. Je me sentais affreusement seule.

Les minutes s'écoulaient lentement. Une heure se passa ainsi au ralenti. J'aurais dû téléphoner à Sam, mais il était trop tard.

Je finis par plonger la main dans mon sac pour en extirper le dernier paquet de lettres que m'avait laissées ma grand-mère. Je défis le ruban rouge effiloché et disposai les enveloppes en éventail. Soigneusement calligraphié, mon nom dansait devant mes yeux.

J'allai chercher, au distributeur automatique, un café dans lequel je versai plusieurs sachets de sucre. Puis je soulevai le rabat d'une enveloppe. « J'ai besoin d'entendre ta voix, Sam », murmurai-je.

Je m'apprêtais à découvrir, dans l'interminable nuit blanche de la salle d'attente, la fin de l'histoire de ma grand-mère.

73

Chère Jen,

Voici comment les choses se sont passées – un instant a suffi pour tout changer.

Nous étions au mois d'août, il régnait ce jour-là une chaleur accablante. Doc est venu frapper à la porte de ma cuisine. Dès que je l'ai vu, mon cœur a bondi dans ma poitrine. J'étais stupéfaite ; alarmée aussi, car il ne s'était jamais présenté chez moi de cette façon.

— Il est arrivé quelque chose ? Tout va bien ? Que se passe-t-il ?

Sa réponse fut laconique.

— Viens faire un tour avec moi.

— Tout de suite ? Comme ça ?

— Oui, tu es très bien comme ça, Samantha. J'ai une surprise pour toi.

— Une bonne surprise ?

— La meilleure que je puisse te faire. J'ai attendu assez longtemps pour ça.

Quoi qu'il en soit, je ne pouvais décemment

pas rester en blouse et en sabots. J'ai fait entrer Doc le temps de monter me changer. Un quart d'heure plus tard, je redescendais dans une jolie petite robe en lin bleu. Je m'étais recoiffée. J'avais même ajouté un soupçon de rouge à lèvres.

— Tu es vraiment splendide.

Je lui ai fait remarquer qu'il m'en aurait dit autant si j'étais apparue en haillons. Nous avons éclaté de rire, parce que c'était on ne peut plus vrai.

Il a saisi mes deux mains dans les siennes.

— Aujourd'hui, tout va changer, Samantha.

— Et je suppose que tu ne comptes pas me révéler ce qui va changer exactement ?

— Non, je préfère te montrer.

Son enthousiasme se teintait de mystère. Je n'en étais que plus amusée, émoustillée par sa mine. Il semblait tellement heureux. Et puis, je raffole des surprises !

74

Jennifer, ma très chère Jennifer,

Toute la semaine, la fête vénitienne avait battu son plein dans les rues de Lake Geneva. La ville grouillait de touristes attirés là par ce rendez-vous annuel qui saluait la fin de l'été. Après avoir garé la voiture sur un parking municipal, non loin de la grand-rue, Doc a glissé plusieurs pièces de vingt-cinq cents dans le parcmètre. Si je comprenais bien, nous allions à la fête et il avait prévu d'y passer un bon moment.

— C'est ça, ta surprise ? me suis-je étonnée. Parce que j'étais déjà au courant, pour la fête.

— Non, c'est juste le théâtre des opérations. Allons, taisez-vous, petite péronnelle.

Doc était friand de ce genre de formule.

Les enfants hurlaient dans les wagonnets des montagnes russes, l'air embaumait le pop-corn et la barbe à papa. Tout à coup, j'ai compris. Je n'osais même plus rêver d'un tel moment – Doc et moi nous promenions main dans la main dans les rues de Lake Geneva. J'ai levé les yeux vers lui.

— C'est une merveilleuse surprise. On ne se cache plus ?

Doc m'a expliqué qu'il venait de conduire son plus jeune fils à l'université Vanderbilt.

— Cette fois, ils ont tous quitté le nid. Fini pour moi de jouer les papas poules. Je suis libre.

Il m'a attirée entre ses bras pour m'embrasser, devant Dieu et les hommes. Il avait mis tant d'amour dans son baiser que les larmes ont jailli de mes yeux. Son regard s'est planté dans le mien.

— Je voudrais bien savoir si d'autres couples vivent ce que nous vivons, Samantha. Franchement, j'en doute.

— C'est pour ça que notre histoire ne ressemble à aucune autre.

Le soleil réchauffait mon visage, l'air était doux. Abandonnée entre les bras de Doc, je me sentais plus vivante que jamais. Cet instant était encore plus délicieux que nos week-ends à Copper Harbor. Car pour la première fois, nous étions totalement libres. J'avais l'impression de ne plus toucher terre. Bras dessus, bras dessous, nous avons fini par atteindre Library Park.

Assis sur un banc, nous avons regardé le Lady of the Lake *s'éloigner lentement du quai. Doc est allé nous chercher des hot dogs et deux canettes de bière. Nous avons laissé la nuit venir à nous, puis admiré la parade des bateaux illuminés et le feu d'artifice qui marquait la fin des festivités.*

Il y a tout de même quelque chose de surprenant, dans toute cette affaire. Nous aurions pu nous en offusquer. Nous avons préféré en rire. Au cours de cette journée, Doc et moi avons croisé plusieurs de nos amis, nous leur avons parlé, mais pas un n'a remarqué combien nous étions heureux. Depuis, j'ai compris pourquoi. Personne ne pouvait concevoir que l'amour ait pu naître entre nous. Le monde est si étrange parfois, si rétif au changement. Tant de gens renoncent à l'amour, alors qu'il ne pourrait rien leur arriver de plus beau.

J'ai répété à Doc combien je l'aimais. Je n'aurais pas pu, lui ai-je confié, rêver plus belle surprise. Il m'a attirée tout contre lui.

— Et tiens-toi bien, Samantha, parce que ce n'est pas fini.

75

Chère Jen,

Nous avons ensuite quitté la fête et repris la voiture, dont le moteur ronronnait doucement tandis que nous traversions la banlieue de Lake Geneva. Je n'avais pas la moindre idée de l'endroit où nous allions. Jusqu'à ce que nous nous garions sur le parking de l'observatoire de Yerkes. Tout était paisible. Je n'entendais que le chant des grillons ainsi que, peut-être, le sang qui battait à mes oreilles.

Doc a attrapé le plaid qui couvrait la banquette arrière et, comme nous l'avions déjà fait bien des années plus tôt, nous avons traversé à pas de loup la pelouse qui s'étendait devant l'immense bâtiment. Un ami de Doc avait laissé une clé pour nous, dans un joint creux entre deux briques. Après avoir gravi les trois volées de marches qui menaient au grand dôme, nous avons pénétré dans l'obscurité.

— Tu es prête ?

J'ai souri, confiante.

— Je suis prête depuis des années.

S'éclairant avec une lampe stylo, Doc a actionné un levier. Le plancher s'est élevé pour stopper à environ un mètre cinquante de l'oculaire du télescope. Puis il a manipulé les treuils et les manivelles qui commandaient l'ouverture du dôme. Un large pan de ciel est apparu au-dessus de nos têtes.

— Regarde, Samantha. Nous sommes au paradis.

J'ai poussé un petit cri. J'étais sous le charme, incapable d'articuler le moindre mot.

Doc se tenait derrière moi, son corps contre le mien, ses mains sur mes épaules. Ensemble, nous contemplions l'univers à travers la lentille de l'énorme lunette. Doc avait raison. Il me semblait découvrir l'Éden. Le firmament étincelait de mille feux. Je ne savais plus où porter mes regards. J'ai fini par repérer un globe rouge tacheté, de la taille d'une pièce.

— C'est la planète Mars.

Doc m'a expliqué que, cette nuit-là, Mars et la Terre se trouvaient en opposition, c'est-à-dire alignées, de telle sorte que celle-ci se situait entre le Soleil et la planète rouge. Il m'a montré la calotte glaciaire des pôles, les sombres écharpes de la brume martienne, et ce qu'il pensait être une tempête de poussière, qui balayait le sol sous un ciel d'un rose brouillé.

— La dernière fois que Mars et la Terre se sont retrouvées aussi près l'une de l'autre, les hommes

des cavernes se gelaient encore en Nouvelle-Guinée en priant pour que quelqu'un se décide à inventer le feu.

Enfin, Doc a étalé la couverture par terre en m'invitant à y prendre place. Nous nous sommes assis tous les deux, épaule contre épaule. Je savais qu'il me préparait une autre jolie surprise, mais laquelle ? je n'en avais pas la moindre idée.

— Quoi ? ai-je murmuré.

— J'attendais l'instant propice. Tu m'as toujours dit que tu aimais les surprises, Samantha.

76

— Je suis un homme heureux, a-t-il poursuivi d'une voix de miel. Je t'ai certes trouvée un petit peu tard, mais je t'aime plus que tout au monde, et te voilà blottie dans mes bras. Tu es à la fois ma meilleure amie, mon âme sœur, ma confidente et mon amour, mon si bel amour. Je hais les moments que je passe loin de toi. Je n'arrive toujours pas à croire que je t'ai trouvée, à moins que ce ne soit toi qui m'aies trouvé, au cours de cet assommant dîner de la Croix-Rouge. Je n'en reviens toujours pas, Samantha – et pourtant, nous voici réunis tous les deux.

J'ignorais où Doc voulait en venir mais, déjà, mon cœur battait la chamade. Je ne le maîtrisais plus. Dès notre rencontre, Doc n'avait cessé de me dire, parfois de fort jolie manière, tout ce qu'il ressentait pour moi. Mais cette nuit-là, les choses entre nous prenaient une autre dimension, la passion nous submergeait, nous vivions des instants saturés de douceur et d'émotion. Il m'a présenté un petit écrin, sur lequel j'ai pointé le faisceau de la lampe stylo.

— Ouvre-le.

Je me suis exécutée. Mes yeux s'écarquillèrent. L'écrin contenait une bague en saphir sertie d'adorables petits diamants. J'en avais le souffle coupé. Pas pour les raisons que tu imagines, Jennifer. Cette bague, je l'avais montrée à Doc une seule fois, des années plus tôt, dans la vitrine de chez Tiffany, à Chicago. Je la trouvais splendide. Ce soir-là, la revoir me faisait monter les larmes aux yeux. J'étais ébahie. Comment s'était-il souvenu de ce bijou ?

Il a glissé la bague à mon doigt, puis m'a dit :

— Je t'aime tendrement, je t'aime plus que tout… Veux-tu devenir ma femme, Samantha ?

J'ai ouvert tout grands les yeux sous l'effet de la surprise. Le visage de Doc se découpait dans le ciel nocturne, au milieu des étoiles. J'ai jeté mes bras autour de lui pour le serrer de toutes mes forces. Je m'attendais si peu à cela, je n'aurais jamais osé y songer.

Je pouvais à peine parler.

— Moi aussi, je t'aime plus que tout. J'ai une chance incroyable de t'avoir trouvé. Bien sûr que je veux devenir ta femme. Je serais folle de refuser.

Sur quoi j'ai prononcé le vrai prénom de Doc, je l'ai répété dix fois, cent fois, mille fois, sous les étoiles qui, ce soir-là, veillaient sur notre amour. Nous nous sentions en harmonie avec l'univers entier.

77

Je m'étais endormie après avoir lu la dernière lettre de Sam. La stupéfiante lettre de Sam. Que de questions je brûlais de lui poser dès mon retour à Lake Geneva ! Peut-être même avant, lorsque je l'appellerai depuis l'hôtel. Pourquoi n'avait-elle pas épousé Doc ? Qu'était-il arrivé ?

J'ouvris les yeux lorsque je sentis qu'on me secouait doucement le bras en répétant mon prénom. Les vitres de la salle d'attente étaient baignées par la lumière du matin et Adam Kolski se tenait penché au-dessus de moi.

— Bonjour, Jennifer. On aurait pu vous trouver un endroit plus confortable où dormir.

— Brendan va bien ?

J'étais impatiente d'avoir de ses nouvelles.

— Il a fait sa nuit, comme vous. Je ne peux rien vous promettre, mais il est déjà capable de remuer les orteils. Il se souvient de son nom, et du vôtre. D'ailleurs, il vous réclame.

Les paroles du médecin me requinquèrent.

— Je peux le voir ?

— Bien sûr. C'est pour ça que je suis venu vous trouver. Je tiens à ce que vous lui parliez. Je veux être certain qu'il vous reconnaisse. Suivez-moi.

Le Dr Kolski fit coulisser les portes qui menaient à la petite chambre, au sein de l'unité de soins intensifs.

— Pas plus de cinq minutes, précisa-t-il.

J'apercevais Brendan derrière le médecin à la suite duquel je me glissai dans la pièce. On avait roulé un gant de toilette dans sa main droite. Je l'ôtai pour poser ma main à sa place.

— C'est Jennifer, fis-je à mi-voix. Tu es prêt ? On va se baigner ?

L'absence de réponse ne me surprit pas. Cela dit, je n'étais guère plus avancée sur son état. Allait-il conserver des séquelles de l'intervention ? Comment le savoir ?

— Je veux simplement que tu saches que je suis là. Et toi aussi, tu es bien là.

Mes mots se bousculaient un peu, mais quelle importance ? Si seulement il parvenait à reconnaître ma voix...

Je me tenais auprès du lit, lorsque se produisit un véritable miracle. Brendan serra légèrement ma main. Des frissons parcoururent tout mon corps. Je me penchai vers lui.

— Je suis là. N'essaie pas de parler. Je parlerai pour deux. Je suis là, mon amour.

— Est-ce que tu es réelle ?

Quel choc ! Il venait de parler.

— Je suis là, articulai-je d'une voix brisée par l'émotion. Tu sens ma main ? C'est moi qui la serre.

— Je ne te vois pas, lâcha-t-il dans un murmure rauque.

— C'est parce que tu ne peux pas ouvrir les yeux, ils sont trop gonflés.

Il demeura silencieux pendant de longues minutes. Peut-être s'était-il rendormi.

— Je ne pensais pas que je m'en sortirais, dit-il enfin.

Il faisait mille efforts pour ne pas pleurer, mais les larmes débordaient de ses yeux clos.

— Tout ira bien, ajouta-t-il.

Je me sentis toute petite devant lui, submergée par l'amour infini que je lui portais. C'était lui qui me rassurait ! Il était là pour moi, même en ces heures difficiles, après la terrible opération qu'il venait de subir. Sa voix paraissait certes lointaine, mais je le reconnaissais, l'homme de ma vie. Et il avait des choses à me dire.

— J'ai pensé à toi… Je t'imaginais, assise au bout du ponton… Tu avais mis ta main en visière au-dessus de tes yeux, pour les protéger du soleil… Tu me regardais… Je me suis accroché à cette image.

Je me tournai vers lui. Je l'aimais de toutes mes

forces. Un nouveau miracle se produisit. Brendan entrouvrit les yeux, luttant contre l'hébétude provoquée par les médicaments. Un pâle sourire finit par se dessiner sur ses lèvres.

C'était le plus beau sourire qu'il m'ait été donné de contempler de toute ma vie.

— Je t'aime si fort, murmurai-je. Oh oui, je t'aime.

— N'essaie pas de rivaliser… Je t'aime davantage.

Je compris que l'impossible allait advenir – Brendan allait vivre.

78

Au cours des semaines qui suivirent, les moindres détails de l'existence me devinrent infiniment précieux. La vie prenait plus de sens. Je fréquentais assidûment la clinique Mayo et l'hôpital de Lake Geneva. On n'y voyait plus que moi.

La convalescence de Brendan fut longue et atrocement pénible. Au fil des jours pourtant, il reprenait des forces. Semaine après semaine, il retrouvait de la vigueur. Son médecin était tombé sous le charme. D'abord parce qu'il arborait chaque jour une nouvelle casquette, toujours plus extravagante que celle de la veille, ensuite parce qu'il avait fallu trois semaines au personnel pour découvrir qu'il était lui-même un excellent médecin. Surtout, Brendan était un homme profondément attachant.

Un matin pluvieux du mois d'octobre, le Dr Kolski nous convoqua dans son bureau. Le « dieu du bistouri » nous montra quelques clichés radiographiques, avant de nous annoncer sans ambages que Brendan était autorisé à rentrer chez lui. Il était en rémission.

— Vous pouvez rentrer aussi, Jennifer, ajouta-t-il en me gratifiant d'un de ses rares sourires.

Le lendemain, nous prîmes la route de Lake Geneva. Je me sentais surexcitée. Nous allions retrouver Sam qui, elle aussi, avait regagné son domicile. Mais ce n'était pas tout. Lorsque je l'avais appelée pour lui donner les dernières nouvelles concernant la santé de Brendan, elle m'avait fait part de son désir de nous présenter Doc.

Je n'avais jamais aimé les premiers jours d'octobre, car le soleil sombre alors derrière l'horizon chaque jour un peu plus tôt. Mais cet octobre-là, je le chérissais. J'étais redevable à la vie de tant de choses. Elle m'avait rendu ma grand-mère, ainsi que l'homme que j'aimais. Enfin, je m'apprêtais à faire la connaissance de Doc.

Soudain, et comme sans transition, nous fûmes devant chez Sam. La vieille camionnette de Henry était garée au bord du jardin. Que fallait-il en conclure ?

À peine sorti de la voiture, Brendan inspira profondément pour emplir ses poumons de l'air de l'endroit. J'appelai à pleine voix.

— Sam ! On est arrivés. Tu as de la compagnie.

Brendan, lui, poussa l'un de ses célèbres hurlements – il manquait encore un peu de coffre ; il avait tout de même crié assez fort pour effaroucher les merles, perchés dans les arbres qui étendaient leurs branches au-dessus de nos têtes.

— Le premier arrivé au lac, me lança-t-il, enjoué.

Il n'était pas tout à fait rétabli, mais il affichait une mine de capitaine et je trouvais son sourire plus irrésistible que jamais.

Comme Sam ne répondait pas, je me coulai dans le demi-jour de la maison pour la chercher. Je l'appelai dans toutes les pièces, et de plus en plus fort. Mes pas pressés résonnaient contre le plancher. Je me laissais submerger un peu vite par la peur, ces derniers temps. Il était arrivé tant de choses terribles. Ou bien, au contraire, mes craintes venaient-elles de ce que, récemment, tout s'était mis à nous sourire ?

Brendan me héla depuis la véranda.

— Sam est dehors, au bord du lac.

Le cœur battant, gagnée par une joie enfantine, je dégringolai l'escalier pour me précipiter vers l'arrière de la maison. Sam avait disposé des chaises à l'ombre du grand arbre – et elle n'était pas seule.

Un homme se tenait auprès d'elle dans le clair-obscur. Il portait une casquette de base-ball marquée d'un V qui signifiait sans doute Vanderbilt, pour « université Vanderbilt ». Aussitôt, la lumière se fit en moi.

— Doc, murmurai-je. J'aurais dû m'en douter.

79

Je traversai comme une fusée la pelouse en pente douce. J'allai me jeter dans les bras de Sam, qu'elle avait ouverts tout grands pour m'y accueillir. Nous étions enfin réunies, chez elle. Tout semblait rentrer dans l'ordre. Ma grand-mère se leva et s'avança à la rencontre de Brendan. Ils s'embrassèrent. On aurait pu croire, à les observer tous deux, qu'ils étaient de très vieux amis.

Elle revint ensuite à son prince charmant.

— J'avais envie de te présenter Doc, me dit-elle.

Puis, se tournant vers Brendan :

— Voici John Farley. Il est bel et bien docteur. En philosophie, diplômé de la faculté de théologie de l'université Vanderbilt. Les choses s'arrangent à merveille, Jennifer. Ainsi va la vie, quelquefois.

Doc n'était autre que le révérend John Farley. Sam et lui formaient un couple délicieux. J'étais aux anges.

Nous nous installâmes tous ensemble dans l'ombre mouvante du vieil érable. Je poussai un profond soupir. Un grand sourire aux lèvres, j'observais Sam et Doc – John désormais –, tandis qu'ils échangeaient de tendres regards en se tenant la main.

Je vins me blottir contre Brendan, qui laissa échapper un soupir semblable au mien.

— Je suis bien d'accord avec toi, commenta-t-il.

La vie, me semblait-il, suivait enfin un cours favorable. Un peu plus tard, nous nous retrouvions tous les quatre agglutinés dans la cuisine de Sam. Doc épluchait des pommes de terre – c'était à n'y rien comprendre, il parvenait à obtenir des pelures d'une incroyable finesse sans jamais les briser. Brendan grignotait autant de petits pois qu'il en écossait. Quant à moi, je laissais échapper de la farine un peu partout dans la pièce.

Ma grand-mère finit par reprendre les choses en main.

— Tout le monde dehors. Laissez la popote aux professionnels.

Nous partîmes d'un grand éclat de rire et gagnâmes la salle à manger. Quarante minutes plus tard, nous aidions Sam à apporter les plats sur la table. Au menu, elle avait inscrit un rôti de bœuf, des patates douces, ainsi qu'un mélange d'oignons et de petits pois. Des biscuits maison nous attendaient pour le dessert.

Au cours du dîner, je posai enfin à John Farley la question qui me brûlait les lèvres :

— Vous avez demandé Samantha en mariage. Et toi, Sam, tu as écrit qu'il aurait fallu être folle pour refuser.

Mon regard allait de l'un à l'autre.

— Que s'est-il passé ?

Ma grand-mère se tourna vers Doc.

— J'ai d'abord tâché de la convaincre, répondit-il. Puis de la dissuader.

Sam se mit à rire.

— Disons qu'il a posé les vrais problèmes. Il m'a par exemple fait comprendre qu'il y aurait toujours, ici ou là, quelques fouineurs pour venir nous demander des comptes, pour livrer leur opinion, pour nous juger. Ils se seraient moqués de nous en insinuant que nous tournions un remake des *Oiseaux se cachent pour mourir*. Ça ne m'aurait pas enchantée. Nous sommes bien trop attachés à notre intimité. Et puis, certains membres de la congrégation de John auraient pu en être affectés. Il a donc eu une idée géniale.

Le révérend inclina la tête vers Sam.

— J'ai fini par lui dire : « Et si nous ne disions rien à personne ? Si nous gardions notre amour pour nous seuls ? » Nous en avons discuté et c'est l'option que nous avons finalement retenue. Les choses ont toujours été si particulières entre nous, de toute façon.

Ma grand-mère prit la main de John entre les siennes.

— Nous nous sommes mariés un dimanche, au mois d'août, il y a deux ans. Ça s'est passé à Copper Harbor, dans le Michigan. Personne n'est au courant, sauf vous deux.

Nous trinquâmes tous les quatre.

— À la santé de Samantha et Doc ! lança Brendan.

— À la santé de Brendan et Jennifer ! répliquèrent les deux époux.

Sam m'embrassa chaleureusement, puis Doc en fit autant. Ils donnèrent aussi l'accolade à Brendan. Nous bavardâmes ensuite pendant quelques heures en regardant la pénombre envahir le lac peu à peu. Doc nous parla des étoiles. Stephen Hawking lui-même ne nous aurait pas autant captivés. Je nageais dans le bonheur. Je me souviens dans ses moindres détails de cette soirée passée à Lake Geneva. Et je m'en souviendrai toute ma vie.

Car moins de trois semaines plus tard il fallut subir un nouveau coup du sort.

80

Comme Sam l'avait affirmé elle-même, « ainsi va la vie, quelquefois ».

Nous étions au début du mois de novembre. J'étais assise sur le vieux canapé en velours bleu qui trônait dans le salon de ma grand-mère. Brendan avait pris une de mes mains entre les siennes, Doc serrait l'autre.

— Ça va aller, me souffla-t-il en portant une main tremblante à sa poitrine. Elle est là, bien au chaud dans nos cœurs. Sam est en paix.

Toutes les deux ou trois minutes, on entendait le bout d'un parapluie tapoter contre le plancher de la véranda. La porte s'ouvrait en gémissant. Un souffle d'air humide pénétrait dans la pièce avec le nouveau visiteur. Bientôt, la maison fut pleine de monde. Ils étaient venus de Lake Geneva, de Chicago ou de Copper Harbor, et tous se sentaient navrés de se retrouver là, en cette invraisemblable circonstance.

Partout où se portait mon regard, je découvrais de petits signes qui me rappelaient Sam.

Je la retrouvais dans les yeux bleus du bébé de mon cousin Bobby, dans les photos de famille épinglées au mur, sur le visage baigné de larmes de ma tante Val qui fixait, à travers la vitre, la surface tourmentée du lac balayé par la pluie. Notre tristesse était insondable. Nous avions peine à croire que celle qui avait su réunir autour d'elle tous ces gens était justement la grande absente.

Doc se pencha vers moi.

— Si tu es prête, on va pouvoir y aller. Samantha n'aimerait pas faire attendre ses hôtes. Nous non plus, d'ailleurs.

Il se leva pour évoquer la Samantha qu'il connaissait bien – sans pour autant trahir leur grand secret. Je posai ma tête sur l'épaule de Brendan. Doc faisait preuve d'un courage exemplaire et personne, dans la pièce, ne soupçonnait à quel point son discours était sincère. Tandis qu'il parlait, ceux que j'avais perdus défilèrent un à un dans ma tête. Mon grand-père Charles, ma mère, Danny. Plein de prévenance, Brendan me tenait la main. Après Doc, les amis de Sam parlèrent à leur tour, évoquant les uns après les autres leurs plus chers souvenirs.

Puis le silence se fit. Enfin, Brendan chuchota :

— C'est à toi, Jen.

81

J'ai horreur de parler en public ou de me retrouver au centre de toutes les attentions. Mais cette fois, je me devais de prendre la parole. Il s'agissait de ma grand-mère, de « ma » Sam. Je m'avançai. Ma tête devint légère, comme lorsqu'on est à deux doigts de s'évanouir.

Je tournais le dos au lac. À ma droite, un superbe portrait de Sam en noir et blanc semblait me faire signe. Les yeux pleins de chagrin, les amis de ma grand-mère me regardaient en attendant que je commence. Brendan m'encouragea d'un sourire. Doc me fit un clin d'œil. Enfin, je sentis un grand calme m'envahir.

— Je vous demande d'être indulgents, je ne suis pas très douée pour les discours. Mais j'ai des choses à vous dire. C'est dans cette maison, auprès de ma grand-mère Sam, que j'ai passé tous mes étés de petite fille.

L'émotion me submergea lorsque je prononçai son prénom. Mais tant pis si je pleurais, il fallait que je poursuive.

— Dès la première année, nous sommes devenues les meilleures amies du monde. Il s'est produit entre nous une véritable alchimie. Nous observions le monde avec les mêmes yeux, nous pleurions pour les mêmes choses, les mêmes choses nous faisaient rire. Je l'aimais plus que n'importe qui sur cette terre et j'avais pour elle une profonde admiration.

» Le soir, lorsque nous nous retrouvions toutes les deux dans ma chambre, je lui confiais mes secrets. Elle se tenait assise sur le lit, sa main posée sur la mienne dans l'obscurité. Certains enfants ont peur du noir, mais moi, je l'adorais, du moment que Sam se trouvait auprès de moi.

» J'éprouve, en cet instant précis, un peu de cette sensation d'autrefois. Je ne peux pas la voir, mais je sais qu'elle est là.

» Il n'y a pas si longtemps, je m'étais repliée sur moi-même parce que je ne supportais plus la douleur de vivre. C'est grâce à Sam, à ses patients et doux efforts, que j'ai fini par sortir de ma coquille. J'ai déchiré, avec son aide, le voile de tristesse derrière lequel je m'étais retranchée. C'est Sam, encore, qui m'a montré le chemin de l'amour, dont je m'étais détournée. C'est elle qui m'a conduite vers Brendan, que je chéris tendrement.

» Mais il me reste un secret que je n'ai pas eu le temps de partager avec elle. Alors je vais le lui révéler maintenant. Sam, ma si chère Sam – Samantha –, j'ai une merveilleuse nouvelle à t'annoncer. Brendan et moi allons avoir un bébé. Ce sera ton premier arrière-petit-enfant.

J'éclatai en sanglots, mais je sais qu'entre mes larmes je souriais. Je me tournai vers Doc, radieux. Brendan aussi.

— Vous avez tous en tête le visage de Sam ? La façon dont il s'illumine ? Et cette façon qu'elle a de vous écouter comme si vous étiez la personne la plus importante au monde ?

» J'ai vraiment beaucoup de peine à croire qu'elle ne verra jamais notre bébé, qu'elle ne trouvera pas le moyen, d'une manière ou d'une autre, de lui rendre une petite visite.

» Et puis je me demande si notre bébé héritera des jolis cheveux bouclés de son arrière-grand-mère. Aura-t-il ses yeux d'un bleu étincelant ? Sa formidable capacité à aimer ses semblables, à réunir autour de soi tant d'excellents amis ? En tout cas, une chose est sûre : notre enfant saura tout de Sam, il saura quelle femme exceptionnelle elle a été. Je lui raconterai l'histoire de sa vie dans les moindres détails. Car j'ai l'immense chance de savoir, très précisément, qui était ma grand-mère.

» Et que ce soit un garçon ou une fille, nous savons déjà que notre enfant se prénommera Sam.

82

Cet après-midi-là, les amis et les parents de ma grand-mère passèrent des heures à s'échanger des anecdotes à son sujet ; la soirée se prolongea très tard avec une poignée d'entre eux. Les récits se succédaient, plus savoureux les uns que les autres. Bien sûr, j'avais en mémoire plus d'histoires que n'importe qui, d'autant que je disposais à présent des lettres. Cela dit, je devais en taire de nombreux épisodes. Il y avait, dans la vie de Sam, un secret que je ne partageais qu'avec Brendan et Doc.

Shep vint m'embrasser sur la joue avant de rentrer chez lui.

— J'ai attendu que ce soit un peu plus calme. Tu as été formidable, Jennifer. Tu as dit des choses magnifiques sur ta grand-mère. Sam voulait que ceci te revienne. Je l'ai gardé pour toi à mon cabinet.

Je pris l'enveloppe blanche des mains de Shep. S'agissait-il d'une dernière lettre ? Lui restait-il un autre lourd secret à me révéler ?

Je glissai mon doigt sous le rabat pour extraire de l'enveloppe une feuille de papier. Je me mis à lire.

Ma très chère Jennifer,

C'est la dernière fois que je m'adresse à toi, mais je t'interdis d'être triste. Pas de ça entre nous. Il y a un demi-siècle, lorsque ton grand-père et moi avons acheté cette maison, ce n'était qu'une bicoque plantée sur un terrain rocailleux. Mais ses fenêtres ouvraient sur le lac, la vue était splendide. Tant de merveilleux souvenirs restent attachés pour moi, et pour toi, à cette demeure. Je te revois blottie contre ta maman sur le canapé, devant la cheminée dans laquelle brûle un bon feu, tandis que je prépare le dîner. Valérie a donné naissance à Bobby au premier étage de cette maison, dans la chambre orientée au soleil levant et, avec vos patins à glace, ton cousin et toi avez rayé un jour le sol de la cuisine (bien sûr que j'ai tout de suite su que c'était vous). Je me rappelle tous ces étés passés sur la véranda, mais surtout, je me rappelle les moments que j'ai vécus en ta compagnie. Tu as toujours été ma préférée, Jennifer.

En t'écrivant, je contemple le lac. L'hiver ne tardera plus ; bientôt, les branches des arbres étincelleront sous leur fourreau de glace et la neige, en balayant la région, déposera à la surface du lac une nappe de dentelle fine. Comme j'ai hâte d'y être.

Mais il me tarde aussi de revoir le printemps. Les pontons fraîchement repeints reparaîtront sur l'eau, le jardin se débarrassera de son manteau de neige et les plantes vivaces repointeront le bout de leur nez. Vivace, *cet adjectif leur va si bien. Elles sont robustes, elles résistent longtemps. Pour autant, elles ne sont pas éternelles, pas plus que ne le sont les boute-en-train dans mon genre. C'est pourquoi je me prépare dès aujourd'hui à ce que l'avenir me réserve.*

Mes pensées vont bien sûr à tous ceux que j'aime. À toi, je réserve un cadeau original. Tu le trouveras à l'intérieur de cette enveloppe. Je le joins à ma lettre. Je ne doute pas que tu en feras bon usage.

Je suis une femme comblée, Jennifer, et j'aurai vécu une belle vie. C'est une chance inouïe. J'ai Doc. Je t'ai, toi, et toi tu as Brendan. Je ne pourrais pas me sentir plus heureuse que je ne le suis aujourd'hui. Que demander de plus ?

Je t'envoie tout mon amour. Et rappelle-toi que tu restes ma meilleure amie, ma petite préférée.

Sam.

Un petit objet glissa à l'intérieur de l'enveloppe, qui m'échappa. Je me penchai pour le ramasser. À l'anneau d'une clé en laiton était accroché, par un bout de ficelle rouge, un disque de carton.

Je saisis la clé et j'examinai l'étiquette.

D'un côté, Sam avait écrit : *23 Knollwood Road, cette maison est désormais la tienne, Jennifer.*

L'autre face portait une brève inscription. Je la lus : il s'agissait des derniers mots que m'avait adressés ma grand-mère.

L'amour ne meurt jamais.

Épilogue

Des images pour Sam

83

Brendan et moi prenons place sur le canapé, face à notre caméra dernier cri. Tout est prêt pour notre première vidéo.

Nous nous trouvons à Chicago, dans notre nouvel appartement, d'où nous jouissons d'une belle vue sur le lac Michigan. Je suis excitée comme une puce. C'est que nous vivons un grand moment, tous les deux, des instants qui comptent.

— Tu es prête ? Très bien, j'enregistre.

Brendan bondit pour mettre la caméra en marche. Il déborde de vie ces derniers temps – c'est aussi cela, la rémission. *Nous* débordons de vie.

— C'est toi qui commences, Jen. Tu as la parole facile.

— Bonjour, Samantha.

Mon visage s'éclaire d'un grand sourire bête et j'agite la main vers l'objectif.

— C'est maman, maman à trente-cinq ans, quand elle n'avait pas encore peur de dire son âge.

Brendan s'est appuyé contre moi.

— Et moi, je suis ton papa, le plus heureux et le plus fier des papas, depuis quatorze jours et onze heures environ.

— Nous t'aimons très fort, mon cœur. Alors, deux ou trois fois par an…

— Voire plus. Tes parents sont des comédiens ratés. Et de vrais moulins à paroles.

Je reprends.

— Nous nous filmons pour que tu saches qui nous sommes, à quoi nous ressemblons, à quoi nous pensons et, bien sûr, à quel point nous t'aimons.

Je me tourne vers Brendan, qui prend le relais, comme nous en avons rapidement convenu avant de démarrer.

— Comme ça, quand tu seras devenue une vieille impotente comme nous – enfin, comme moi –, tu pourras visionner ces vidéos pour te rappeler qui nous étions. D'accord ?

— Et tu sauras à quel point tes deux nigauds de parents étaient heureux que tu sois leur fille. En ce moment, tu dors comme un ange.

Brendan applaudit en décochant à Sam son sourire d'acteur de cinéma.

— Samantha, tu as les plus jolis yeux bleus de la terre et tu as hérité du merveilleux sourire de ton papa – nous ne sommes jamais rassasiés de toi.

Brendan entreprend de taquiner gentiment notre fille.

— Cela dit, tu as le crâne aussi lisse qu'une boule de billard, mais comme maman t'habille toujours en rose, tout le monde voit bien que tu es une vraie petite fille.

— Je vais te raconter une belle petite anecdote. Lorsque tu es née, à l'instant précis où tu as fait ton entrée en ce monde, tu as regardé tout autour de toi. On aurait dit un oisillon examinant pour la première fois les alentours de son nid. Tu m'as fixée droit dans les yeux, puis tu as scruté ton père. Enfin, tu nous as offert un sourire radieux. Le docteur a beau affirmer que tu ne savais pas sourire et que tu n'y voyais encore rien, nous refusons de le croire.

— C'est moi, le docteur, et je n'en crois pas un mot. Est-ce que je t'ai déjà dit que tu étais chauve comme une bille ?

— Mais oui, tu le lui as déjà dit. Maintenant, il s'agit de commencer par le début. Je tiens d'abord à t'expliquer d'où te vient ton prénom. C'est un prénom magnifique, et l'histoire qui lui est attachée est plus merveilleuse encore. Une histoire dont tu seras le happy end, Sam.

Je me tais, songeant de toutes mes forces qu'en effet *l'amour ne meurt jamais*.

Achevé d'imprimer
en Mai 2005
par Printer Industria Gráfica Newco, S.L.
pour le compte de France Loisirs Paris

Numéro d'éditeur : 42758
Dépôt légal : Mai 2005
Imprimé en Espagne